目次

Tokyo Kakuriyo
Public Security Bureau

小学館文庫

東京かくりよ公安局

松田詩依

小学館

序章

ある寒い冬の日。空気が澄んだ新月の晩。俺の日常は突然終わりを告げた。

はやりのフードデリバリー代行サービス『アーバンイート』。企業ロゴが入った大きなリュックを背負い、俺は配達場所に指定された東京駅丸の内南口へと自転車を走らせていた。

時刻は零時前。今日はこれを最後の配達にしよう。

そう思っているとハンドルにつけていたスマホが鳴ったので一度自転車を止めた。

『──もしもし。兄さん今どこにいるんだよ』

ぶっきらぼうな声。一緒に暮らしている大学生の弟からの電話だった。

「今東京駅。これ届けたら帰るから」

『はぁ？　こんな時間に東京駅に頼む人いるのかよ。注文内容は？』

「ハンバーガーがひとつだけ」

そう答えた瞬間、喰《く》い気味に鼻で笑われた。

『それ絶対お兄さん案件でしょ』

「お前もやっぱりそう思う?」

背負ったリュックをちらりと見て溜息《ためいき》をこぼす。

『お兄さん案件』とは今回のようにハンバーガーひとつなど少額の注文をしたうえで、配達先を駅などの公共施設に指定されるという奇妙なオーダーの通称だ。備考欄に「連絡がつかなかったならお兄さんが食べてください」と表記されるため、そう呼ばれるようになったらしい。

「もしかしたら本当に待ってるかもしれないし」

『そんなバカ正直に生きてたら人生損するよ』

辛辣すぎる弟の言葉に苦笑を零《こぼ》す。

俺と違って弟はできがいい。だから兄はこうしていつも馬鹿にされる。クソ生意気で腹が立つこともあるが、俺にとっては可愛《かわい》い弟だ。

「……あれ」

『どうしたの』

ふと違和感を覚えて顔をあげた。

辺りが静かすぎる。そういえば、さっきから人や車と一切すれ違っていない。

「今気付いたんだけど……周りに誰もいないんだよ」

『まぁ、このご時世だからね。みんな家に籠もってるんじゃない?』

「地元ならまだしもここは東京だぞ。車の一台も走ってないなんてことあるかよ」

街は不気味なほど静まりかえっていた。幾らコロナ禍だとはいえ、終電前の東京都心がこんなに静かなのはあまりにも不自然すぎる。

『道路工事で交通規制してるとか』

「そんな案内なかったぞ。まぁ、いいや。とりあえず駅いってみるわ」

電話をスピーカーにして駅に向かってペダルを漕《こ》ぐ。

とおり過ぎるビル街を横目に見たけれど、窓の灯《あか》りは一つもついていなかった。

「――誰もいない」

数分で東京駅丸の内駅前広場に到着したが、やはりそこにも人気はなかった。

「やっぱ変だ。駅にも誰もいない」

電話に向かって声をかけるが返答がない。

「真咲《まさき》のヤツ、切りやがったな……」

画面を見てみると通話が切れていた。

アイツのことだ。どうせ話していても時間の無駄だと思って切ったに違いない。

舌打ちしながら自転車を降り、広場を歩きながら周囲を見回す。

街灯が灯《とも》る中、赤煉瓦《あかれんが》の駅舎がライトアップされている。他の建物の灯りは全部消えていた。

物音一つしない東京の街は不気味だった。まるで異界に迷い込んだような物々しい雰囲気に鳥肌がたつ。

「気味悪いな」

腕をさすりながら依頼者を捜してみるけれど、やっぱり誰の姿も見つからない。

「……やっぱ無駄足だったか」

僅かな望みに賭けたが駄目だった。

また弟にどやされるな、と思いながら俺は足早に自転車へと戻る。

今日はとても冷えるから早く家に帰りたい――というのは建て前で、一秒でも早くその場から離れたいのが本心だった。

『――――』

呼び止められた気がして足を止めたけれど、振り返っても誰もいない。

さすがに怖くなってきた。でも、もしかしたら依頼人が待っているかもしれない。

一応確認だけはしておこうと俺は登録されている番号へ電話をかけてみた。

――が、通じない。

ツーツーと規則的な電子音が聞こえるだけだ。

不審に思ってスマホを確認してみると、画面の右上にある電波表示が圏外を示していた。

「は？」

目を疑った。

田舎の山奥ならまだしもここは東京のど真ん中だ。こんなところで圏外なんてありえない。

半信半疑で発信を止めると今まで開いていた地図アプリが表示される。現在地を示すマークは東京駅に置かれていた。

「あれ……」

もう一度電話をかけるためホーム画面に戻ろうとするが、どこをタップしても反応しない。不具合かと思い再起動を試みても、電源を切ることすらできなかった。

「どうなってんだよ。こないだ買いかえたばっかなのに」

人気のない不気味な街。突然調子がおかしくなったスマホ。

異様なことが立て続けに起こり、俺も焦りはじめる。

帰ろう。今すぐ帰ろう。なんだかすごく嫌な予感がする。

俺は自転車に跨《また》がり、ハンドルにスマホを装着する。

「……なん、だ？」

そのとき無反応だったスマホの画面に変化が起きた。

砂嵐のように画面が乱れたかと思うと、一瞬見覚えのない場所の地図が表示される。

すぐに元に戻ったが現在地の『東京駅』が文字化けしていた。

「なにが起きてんだよ」

慌てて顔を上げるが、目の前には変わらず煉瓦造りの駅舎が物静かに佇《たたず》んでいる。

見間違いだろうと目をこすって、もう一度スマホを見た。

気のせいじゃなかった。いつもの地図と見知らぬ地図が入れ替わるように点滅を繰り返している。あまりの不気味さに思わずスマホを投げ捨てたくなるのをぐっと堪《こら》えて様子を見守る。

数秒後、画面の点滅が止まった。

そこには見知らぬ地図がはっきりと表示されていた。

《東京《とうきよう》幽世《かくりよ》壱番街《いちばんがい》》

現在地にその文字が表示された瞬間、ひゅんっ、と風を切る音がした。

「――え」

気付けば俺は宙を舞っていた。

浮遊感。空が急に近づいたかと思えばそれは凄《すさ》まじい速さで遠ざかっていく。いや、俺は地面に向かって落ちていた。

そこでようやく俺はなにかに弾《はじ》き飛ばされたのだと悟る。

眼下に広がる東京の街。その地面の更に下に街が見えた。

東京とは違う知らない街だ。ぼんやりとした明かりが点々と広がり、変な形をした人々が行き交っている――俺は夢でも見ているのだろうか。

「……ぐっ」

衝撃で現実に引き戻された。

俺は蹴られた空き缶のように地面を転がる。固い石畳に体を強打し、くぐもった声を吐き出した。

――がしゃん。少し間があいて聞こえた音。

ありえないほどひしゃげた自転車が目の前に落ちていた。

(なにがおきたんだ)

息が詰まって声がでない。状況が全くわからなかった。

「っは……っ、ぐ」

ここで痛覚が戻ってきた。今まで経験したことのない激痛に襲われ、地面に爪を立てる。

痛い。頭がいたい。いや、全身がイタい。

苦しい。呼吸の仕方を忘れたみたいだ。息を吐こうとしてずっと吸っている。

目の前はチカチカと白い光が飛んでいて、視界の左半分が真っ赤に塗りつぶされていた。

耳元できぃんきぃん騒がしいと思えば、それは自分の耳鳴りだった。

(なんだ。なんなんだよ、これ)

パニックだ。体に無理矢理力を込めた。

ボタボタと腹から赤い液体が零れ落ち、足を見たら、目の前の自転車と同じように捻《ねじ》れていた。

無人の東京駅。圏外のスマホ。突然宙に打ち上げられて地面に転がる自分。

にわかには現実とは受け入れがたい事態。だが痛みはこれが現実だと訴えてくる。

「……っ、は」

体から力が抜けて、その場にべしゃりと倒れ込む。

なんだか痛みも少しずつ和らいできた気がする。

とてもさむくて、まぶたがおもくなってきた。

「――起きろ、人の子。眠ってはいけない」

凜《りん》とした少女の声が聞こえてきた。

意識が引き戻され、はっと目を開ける。

目の前に狐《きつね》が座っていた。

金色に輝く毛皮。宝石みたいに美しい金色の瞳がじっと俺を見つめている。

(なんでこんなところに狐が)

都心に野生の狐がいるはずない。やっぱりこれは夢なんだ。

大きく息を吸い込むと肺が痛んで思わずむせた。ぱしゃりと地面を濡《ぬ》らす赤。口の中に広がる鉄の味。ああ、これは俺の血か。

「すまない。こんな形で巻き込むつもりはなかったんだ」

狐が喋《しゃべ》る。瞬《まばた》きを一つすると、狐は和服姿の少女に変わっていた。

痛みを忘れるほど、とても綺麗《きれい》な女の子だった。

年は十代後半くらいに見える。さっきの狐と同じ毛色の長髪はきらきらと輝いている。何か話しているけれど、金色の瞳から目が離せない。視線を上にずらすと、ぴくりと動く狐の耳。もふもふで気持ちよさそうで……これは幻覚だろう。

「私ももう限界だ。このままだと二人とも、死んでしまう」

女の子が倒れた。よく見ると着物が赤く染まっている。これは血だ。

俺たちの血が混ざりあい、赤い水たまりが広がっていく。誰がどう見たって、助かるはずがなかった。

（嫌だ。俺は、死にたくない）

そんな。嘘《うそ》だ。こんな突然、ワケもわからないまま死ぬなんて絶対に嫌だ。

けれど声が出ない。死の恐怖を目で必死に訴える。

「二人とも助かる方法が……一つだけある」

女の子がこちらに這《は》ってくる。

「助かりたければ、私の手をつかめ……!!」

（なんだっていい……俺は……俺は……死にたく、ない！）

たった一メートルほどの距離を、俺たちは懸命にもがいて詰めた。伸ばしあった指先が触れた瞬間、彼女に強く手を引き寄せられた。

冷たくも柔らかな小さな手だ。

「時間がない。理解できずともよく聞け。私はこれから其方《そなた》を人ならざる者にする。恨みごとはあとで幾らでも聞こう。其方を巻き込んだ責は私にある。それでも、私には其方の力が必要なんだ」

「これは、私の身勝手だ。このまま逝《い》ったほうが幸せかもしれない」

俺は少女の言葉の意味の半分も理解できていなかった。

死にたくない。生きたい。俺の頭を占めていたのはただそれだけだった。

俺は最後の力を振り絞って彼女の手を強く握った。

「──わかった」

力強く握りかえされる手。そして少女の顔が近づいてきたかと思うと、お互いの額が重なり合った。

「私の目を見るんだ。決して逸《そ》らさず、真《ま》っ直《す》ぐに」

視界一杯に広がる金色。美しく輝く満月みたいだ。

「我が名は天狐神《てんこのかみ》黄金《こがね》。其方の名は？」

「……に、しぶち。ますみ」

「互いの真名《まな》によって契約はかわされた。西渕真澄《にしぶちますみ》、其方に私の力を授けよう」

少女は一度体を離して鋭い犬歯で自身の唇を噛《か》んだ。唇から滴る血。そして俺の頬に手を添え顔を近づける。

綺麗な顔が視界いっぱいに広がる。唇に触れた柔らかい感触に目を見開いた。

「──っ」

キスだ。そう理解した瞬間、口の中に鉄臭くて生暖かい液体が入ってきた。

驚く俺をよそに、女の子は瞬き一つせず冷静に俺を見つめている。

吐きだせずにごくん、と血を飲みこむと金色の瞳の中に意識が吸い込まれた。

「──っ、あ！」

熱い。たまらず両目を押さえた。

目の中に溶かした鉄を流し込まれたみたいだ。心臓が激しく脈を打っている。

さっきまでの痛みなんて比べものにならない激痛だ。目の前が赤と白に点滅する。

「これで其方も私たちの仲間だ」

もがく俺を見下ろして少女は袖で口を拭う。脳がショートするように光が弾け、俺の意識はぶつりと途切れた。

――どうしてこんなことに。

新月の寒空の下、俺の日常は終わりを告げた。

第壱話　半人半妖の狐憑き

魂《たま》よ　霊《たま》よ　器を満たせ
我が血潮は汝《なんじ》に巡る
汝が鼓動は我に還《かえ》る
我が身を分かち
汝が身を分かち
双璧《そうへき》の御魂《みたま》は融合し
我らは運命《さだめ》を共にせん

『──起きろ』

頭の中で少女の声が聞こえる。

『──こら、早く起きないか。この寝ぼすけ』

目を開けると暗闇の中に狐耳を生やした女の子が立っていた。

俺はなにかいい返そうとしたけれど、声が出ない。

『うん。意識がはっきりしてきたようだな。私の馴染《なじ》みもいい。儀式がうまくいったようでよかった』

彼女は顎に手をあてて、意味不明なことをいいながら一人満足そうに頷《うなず》いている。

『では、私は眠る。其方は早く起きるんだぞ。愛《いと》しい者たちが帰りを待っているぞ』

少女は大きな欠伸《あくび》をしながら真っ直ぐ頭上を指さした。それを追うと、小さな光が星のように輝いていた。

（──なにか、聞こえる）

見上げた光は徐々に大きくなっていく。それと同時に遠かった機械の音が近づいてきた。朝日のように暗闇の中に差し込む光。眩《まぶ》しいけれど、とてもあたたかい。

『──おはよう、西渕真澄《にしぶちますみ》。今度は私たちの世界で会おう』

金色の少女は手を振って光の中に消えていった。

「──────」

耳元で聞こえる心電計の音。目を開けて最初に見えたのは真っ白な天井だった。

「あ、母さん。兄さんが起きたよ」

俺を覗《のぞ》き込むぶっきらぼうな弟の声。

「……真澄？」

次に聞こえたのはか細く震えた声。

辿《たど》るように視線を動かすと、両親がいた。いつも明るい母が目を潤ませ、寡黙な父が驚きに目を見張っている。

「真澄。真澄、分かる？　母さんよ！」

母さんが震えながら両手で俺の手を握りしめる。俺は声が出せなくて、返事の代わりに手を握ろうとしたが、指先が僅かに動いただけだった。

ゆっくり瞬きを繰り返す俺の顔を覗き込んで、二人は安堵《あんど》の表情を浮かべた。

「よかった……真澄……死んじゃうかと思った」

「今、先生呼んでくるからな！」

父さんはパイプ椅子をひっくり返し、慌てて部屋を飛び出した。

よく見れば俺の腕には点滴が繋《つな》がっていて、口元は酸素マスクで覆われている。どうやらここは病院みたいだ。

「兄さん。トラックに撥《は》ねられて一週間も意識不明だったんだよ」

――俺がトラックに撥ねられた？

ああ、そうだ。俺は確か東京駅にハンバーガーを届けにいった。そうしたら、街に人がいなくて。携帯の電波も繋《つな》がらなくて。異常な雰囲気を感じ取った俺は急いで帰ろうとして気付いたらトラックに――トラック？

いや、違う。あの時トラックなんか見えなかった。気付いたら俺は地面に倒れてて、そうしたらそこにこがねとかいう金色の狐が――。

「――ぐっ」

その瞬間、目に激痛が走った。苦悶《くもん》の声を漏らしながら目を固く閉じる。

激しい頭痛と耳鳴り。母親が焦る声と、心電計の警報音が遠くで聞こえた。

瞼《まぶた》の内側で眼球がびくびくと痙攣《けいれん》している。なにも見えないはずの視界に、突如映像が映り込んできた。

東京駅。人が消えた不気味な街。地面に倒れいつもより低くなった視界。そこに映る金色の狐の少女――これは俺の記憶。

もう一つ。これは知らない世界。昔の建物が並ぶ街並み。街の明かりは消え失《う》せ、暗闇に包まれる新月の夜。そこに佇むのは尻尾が四本に分かれた銀色の瞳の大きな狐

——それはきっと彼女の記憶。

「兄さん？　ねぇ、ちょっと……」

「……ちが、う」

トラックなんかじゃない。けれど言葉は続かずに、俺の意識は再び途切れた。


数時間後、再び目覚めた俺に主治医は説明してくれた。

貴方《あなた》は一週間前の深夜、東京駅で大型トラックに撥ねられました。その衝撃で全身を強く打ち、意識不明の重体。特に左半身は損傷が酷《ひど》く、死んでもおかしくなかった。医者の立場でこんなことをいうのも失礼ですが、一命を取り留め、意識が回復したことが奇跡です。これから長期間の入院になることでしょう。辛《つら》いリハビリも待っています。ですが……それでも後遺症が残ることは覚悟してください。


——が、散々怖がらせられたその二週間後、俺の退院が決まった。

医者が信じられないほどの驚異的な回復だった。俺に退院を告げにきた主治医の驚いた顔は一生忘れることはないだろう。

意識が戻って最初の二日はほとんど眠っていた。だが三日目には起き上がれるようになった。五日目には車椅子で移動できるようになって、十日も経《た》てば普通に歩けるようになっていた。十二日目で全ての包帯が取られ、そして今日、医者が懸念した後遺症もなく俺は見事完全復活を果たした。

「まさかこんなに早く退院しちゃうなんて」

「兄さんは体の丈夫さと運動神経のよさだけが取り柄だからね。まぁ、後遺症もなくてよかったじゃん」

退院の前日、母と弟が荷物をまとめにきてくれた。

真咲《まさき》のいうとおり、俺は人一倍体が丈夫だった。二十二年の人生で大きな怪我《けが》もせず、風邪だって引いたことがない。怪我の治りも人より速いほうだったけれど……まさか瀕死《ひんし》の重傷から三週間で退院なんて医者以上に自分自身が一番驚いている。

後遺症どころか、傷跡一つ残らない完全完治だなんて正直異常だろう。

『私はこれから其方を人ならざる者にする』

ふと頭に蘇《よみがえ》る声。

あれからあの夜のことを思い出そうとする度に目に激痛が走る。俺は慌ててその声を頭の外に追いやって、母たちの会話に意識を向けた。

「あ、そうだ真澄。就職先決まったならちゃんと報告しなさいよ」

「――は？」

素っ頓狂な声が出た。

それもそうだろう。俺には母がなにをいっているか全く分からないのだから。

「就職って……」

「ほら、就職した飲食店が潰れちゃってフリーターしてるって聞いたから母さん心配してたの。でも、ちゃんとした就職先が見つかって安心したわ」

「ちょっと待った。なんの話……」

母の言葉が全く理解できない。

俺は今年の三月に大学を卒業し、在学中バイトしていた飲食店に就職した。けれど、あの感染症の不況を受けその店は閉店。俺はあえなくフリーターへ転身した。バイトの他にも自分の体力を生かしてアーバンイートで配達代行をしながらなんとか生計を立てていたけれど——どこかに就職した記憶は一切ない。

「……え。でも、明日職場の人が迎えにきてくれるんでしょう？　母さん明日はどうしても外せない仕事があって困っていたら、上司の戸塚《とつか》さんって方が『自分が迎えに行くので大丈夫です』って」

「……はぁ？」

就職？　職場？　上司？　なんだそれ。そもそも戸塚って一体誰だ？

あまりにも理解しがたい事態に俺は否定も肯定もできず、母は医者と話があるからと上機嫌に病室を出ていった。

「兄さん」

　残った真咲が声をかけてきた。

「本当に、あの夜トラックに撥ねられたの？」

「……俺もよく思い出せないんだよ」

　あの夜のことを思い出そうとすると頭が痛む。記憶が霞《かす》んでいた。

「事故の直前、俺と電話してたの覚えてる？」

「ああ。確かお前あの時電話切ったよな」

　事故の前のことはなんとか思い出せる。そうだ。俺は真咲と電話していて、気付いたら電話を切られていたんだ。

「俺、電話切ってないよ」

　淡々とした一言に驚いた。

「いきなり切れて、かけ直したら電波が通じなくなってた。兄さん、もしかして変な場所にでもいたんじゃないの？」

「……いやいや。俺は確かに東京駅にいたって。笑えない冗談やめてくれよ」

「俺がそういう冗談いうと思ってんの？」

　弟の真咲は不思議なヤツだ。俺と違って冷静沈着で頭が切れる色男。そして、霊感というものが強い。俺はからっきしだが、弟はいわゆる霊的なアレが見えるらしい。

真咲は相変わらず淡々と話しながら、スマホの画面をこちらに向けた。

「兄さん、なんかヤバいものでも憑《つ》いてるんじゃない？」

そこに見えるのは俺の顔。カメラアプリが起動され、レンズが内向きになっている。

真咲の言葉を不審に思いながら俺は自分の顔を睨《にら》みつけた。

「――え」

瞬きを数度。注目すべきは俺の瞳。

黒かったはずの俺の瞳は、カラーコンタクトを入れたように金色に変わっていた。

＊　＊　＊

「西渕真澄だな」

翌朝。退院の支度をしていると病室にスーツ姿の見知らぬ男が入ってきた。

髪を後ろに撫《な》でつけ、細身の眼鏡をかけた四十代後半に見える男性。眼鏡の奥に見える瞳は冷酷そうに俺を射貫《いぬ》いている。

初対面の人間に抱く印象としては失礼だろうが、インテリヤクザにしか見えない。

「……西渕真澄、だな」

呆気《あっけ》にとられていると、その人はもう一度俺の名前を呼んだ。

「そうですけど。もしかして……あなたが戸塚、さん？」

「そうだ。母親から話は聞いているだろう」

戸塚という人はこちらに近づくと、手近にあったパイプ椅子を出して座った。

「就職決まったとかって聞きましたけど、どういうことですか。俺、あなたと初対面ですよね」

「俺が君に用がある。それだけだ」

戸塚さんは抑揚のない口調で俺を見上げた。たったそれだけで身が竦《すく》む。とんでもない威圧感だ。

すると戸塚さんはスーツの胸元に手を入れた。まさか銃でも取り出すんじゃ――。

「俺は東京幽世公安局公安特務課《とうきょうかくりょこうあんきょくこうあんとくむか》の戸塚だ。西渕真澄、君の身柄は我々が預かることになった」

身構えるように瞑《つぶ》った目を恐る恐る開く。

目の前に出されたのは警察手帳のようなもの。黒革で折りたためるタイプの、よくドラマで見かけるアレだ。

上部には随分写りが悪い彼の顔写真と〝幽世公安局公安部公安特務課課長　戸塚稔《みのる》〟という氏名。そして下部には三日月の下に金斗雲《きんとうん》のようなものが連なった金色の月紋が印《しる》されていた。

「幽世公安局……？」

聞き慣れない名前に首を傾《かし》げる。

「この世には二つの世界がある」

その人は至って真面目な顔で突然とんでもないことをいいはじめた。

「俺たち人間が暮らす地上の現世《うつしよ》。そしてあやかしが暮らす幽世《かくりよ》という地下異界。幽世公安局はこの二つの世界の均衡と秩序を守るために存在している秘密国家組織だ」

「は、ぁ……」

話に頭がついていかず間の抜けた返事をした。

漫画かなにかの設定か。それとも新手のドッキリとか。いや、それにしても目の前の男性は真剣そのもので、嘘や冗談をいっているようには見えない。

「……それは、マジな話ですか？」

「マジな話だ」

彼の眉間に皺《しわ》が寄る。きっとこういう反応をされたのははじめてではないのだろう。

「君は幽世で起こった事件に巻き込まれた被害者であり、重要参考人だ。だから俺は君に会いにきた」

ずきりと目の奥が痛んだ。

「事件って……」

「君が入院した経緯。医者から受けた説明と、自分の記憶に食い違いはないか？」

「──あ」

目の奥に痛みが走り、あの夜の光景がフラッシュバックする。

「……トラックに撥ねられたと、いわれました」

入院中、あの日のことを調べてみた。ネットニュースでは『東京駅にトラックが突っ込む。男性一名重傷』とあったが、テレビでは一切報道されていなかった。だけど、違う。俺はトラックになんて撥ね飛ばされた記憶はない。

「西渕真澄。君はあの日、なぜ東京駅にいた」

戸塚さんの声が頭の中に木霊する。

瞼の裏に映るのは無人の東京駅。記憶にしてはその映像は鮮明すぎた。

「アーバンイートの注文を届けにいったんです。でも、駅に誰もいなくて……」

目を押さえながら答える。

そう。俺は頼まれたハンバーガーを指定された東京駅に届けに行った。でも、そこには依頼人どころか人一人いなかった。おまけにスマホは圏外。あの時の東京の街は明らかに異質な雰囲気が漂っていた。

「当然だ。あそこは人祓《ひとはら》いの呪《まじな》いを施していた。本来なら現世の人間は誰一人として入れないはずだった」

そこでようやく目の痛みが治まってきた。ゆっくり目を開けると、難しそうな顔をしている戸塚さんと目があった。

「記憶に蓋をされたようだな。だが、君は当事者だ。知る権利がある。だから、話す。すぐには理解できないと思うが、今から俺が話すことは紛れもない真実だ」

目を逸らすことなく、戸塚さんは言葉を続けた。

「三週間前の深夜二十三時五十分頃、一体の妖魔《ようま》——我々に害なす危険なあやかしが幽世の境界を越え現世に出現した。我々は現世の人間に危害が及ばないように東京駅周辺に人祓いの呪いをかけ結界を張った。だが、妖魔はなぜかその場に居合わせた現世の人間を一名襲い重傷を負わせた。その被害者が、君だ」

記憶が蘇ってくる。

俺はあの夜、自転車ごと宙を舞った。

地面に叩《たた》きつけられた痛み。遠くなる意識、凍える体。このままだと死ぬと思った。瞼を閉じようとしたとき、目の前に現れたのは——。

「……狐。あの時、金色の狐を見たんです」

「それは天狐《てんこ》だ。彼女は特務課の一員で、あの日あの場所で命の危機に瀕《ひん》していた君を助けた」

「テンコ？」

「神に等しい力を持った高貴な狐のあやかしだよ。彼女は君を助けた。だから、君は今生きて俺の前にいる」

喋る金色の狐。少女の姿に化けた彼女はあの時俺にこういった。

『互いの真名によって契約は交わされた。西渕真澄、其方に私の力を授けよう』

「――っ」

あの子とキスしたことを思い出し、顔に熱が集まる。唇の柔らかさが蘇り、思わず手で口を覆った。

あれは不可抗力というか。キスにカウントするのも申し訳なくて。いや、冷静に考えれば嬉《うれ》しいけど。というか、なに恥ずかしがってんだ俺は。

一喜一憂する俺を横目に戸塚さんは話を続ける。

「あの夜、天狐神黄金《てんこのかみこがね》は禁忌とされている儀式を行った。己の血を与え、人間の体にとり憑いたんだ」

「それって……」

「ああ。君は狐にとり憑かれている」

たぶんこの状況じゃなかったら、新手の宗教勧誘か、と突っ込んでいたに違いない。

「西渕真澄。君は〝狐憑き〟になってしまった。半分人間で半分あやかし――半人、半妖の存在になってしまったんだよ」

「なんすかそれ。そんな冗談、さすがに笑えませんよ」

顔が引きつる。漫画の設定なら面白いかもしれないが、ここは現実だ。そんな話あり得るわけがない。

戸惑う俺に対し、戸塚さんは冷静だった。

「君も薄々自分の異変に気付いているはずだ。瀕死の重傷を負って一月足らずでここまで回復するなんて、常人の治癒力を逸しているとは思わないか」

それに、と彼は俺の瞳を指さした。

「君の瞳は生まれつきその色だったか？」

思わず息をのんだ。なにもいいかえせず、膝においた拳を握る。

戸塚さんのいう通りだ。この体がおかしいのは俺自身が一番分かっていた。

傷跡一つない体。金色の瞳。どれだけ検査しても異常はなく、医者も理由がわからなかった。それはつまり、人知では計り知れない原因があるということで――。

『兄さん、なんかヤバいものでも憑いてるんじゃない？』

真咲の予想は見事的中したわけだ。我が弟ながら天晴《あっぱ》れだよ。

「狐憑きの半人半妖だなんて今まで前例がない。天狐の力が君にどう作用するかも現時点では不明だ。そのため、幽世公安局で君の身柄を預かることとなった」

戸塚さんは胸ポケットから一枚の書類を取り出した。

〝被害者・西渕真澄の身に宿る天狐神黄金の影響が判明するまで、その身柄を東京幽世公安局公安部公安特務課預かりにする。公安特務課課長戸塚稔をその監視責任者に任ずる〟

　お堅い文章に一気に現実味が湧いてきた。

「家族はこのことを知ってるんですか？」

「いっただろう。ウチは秘密組織だ。申し訳ないが、この事情は身内にも伏せさせてもらっている」

「……だから就職先が決まったってわけですね」

「そういうことだ」

　ようやく納得がいった。額に手を当て深く溜息をつく。

「ちなみに俺に選択権はあるんですか」

「断った場合、おそらく上層部が君の身柄を無理矢理確保するだろう。その場合はよくて幽閉、最悪人体標本にされる。君の存在は行方不明扱いになり、解剖されてホルマリン漬けだろうな」

「なっ……」

　一度人権という言葉を辞書でひいてくれないだろうか。

真実にしてはあまりに現実味がなく、冗談にしても恐ろしすぎる。大体この人が真顔で話すからどういうテンションで受け取ればいいのかがわからない。

「後天性の半人半妖はそれだけ稀《まれ》な存在なんだ。だが、君は事件に巻き込まれた被害者だ。俺の下《もと》にいれば悪いようにはしない。それに……君にとり憑いた黄金というあやかしは我々の仲間なんだ」

その言葉は本心のようで、戸塚さんからは敵意は感じなかった。

「戸塚さんについていったとして、俺はこれからどうなるんですか」

「公安特務課の一員になってもらう。無論給料も出るし、衣食住も保障しよう」

断った場合との処遇があまりにも違いすぎる。本当に信じていいんだろうか。

「先程もいったが、後天的な半人半妖は前代未聞だ。君の体にどんな影響があるかわからないんだよ。警戒して当然だろうが、信用してほしい」

「……わかりました」

その返事をするしか俺に選択肢はなかったと思う。

まだ状況は理解できない。なにが起きているのかも、分からない。でも今はこの戸塚稔という人物を信じるしか道はなかった。

「じゃあ、早速だが職場に案内する。これに着替えてくれ」

話がまとまると、戸塚さんはそそくさと大きな紙袋を差し出した。

「……これ、スーツっすか？」

その中には衣装袋に包まれた、少し光沢のある漆黒の真新しいスーツとワイシャツが入っていた。

「ああ。俺たちの戦闘服だ」

確かに日本人にとってスーツは戦闘服に違いないけれど。不敵に笑う戸塚さんの言葉の意味を理解することになるのはもう少し後のことだった。

＊　＊　＊

スーツに着替えて戸塚さんとタクシーに揺られてやってきたのは霞《かすみ》が関《せき》。目の前にそびえるのはかの有名な警察庁の建物だ。

「あの……職場って、ここっすか」

「幽世公安局は一応警察組織の一部だからな。本部はここにある」

霞が関なんて電車の乗り換えのときに行ったことがある程度だ。正直めちゃくちゃ緊張している。

威厳たっぷりの大きなビルに圧倒されながら、戸塚さんの後についていった。

「――だが、公安特務課はこの中にはない」

「は？」

わざわざ中に入ったというのに、この人はなにをいいだすんだ。

入り口で敬礼する警官に挨拶しながら、戸塚さんは迷いなくロビーを突っ切り建物の奥へ進んでいく。

「えっと……じゃあ、どこにあるんですか？」

「決まってるだろ。幽世だ」

裏口のような廊下の突き当たりで戸塚さんは足を止めた。

大きな警察庁の構内。人気がなく薄気味悪い廊下の端っこに一台のエレベーターが佇んでいた。

「これが幽世への入り口だ」

「入り口って……ただのエレベーターじゃないですか」

「まぁ、見てろ。口で説明するより実際に見せたほうが早い」

戸塚さんが下へ向かうボタンを押すと扉はすぐに開いた。

「どうした？　早く乗れ」

「は、はぁ……」

手招きされ、いわれるがままにエレベーターに乗り込んだ。

見たところなんの変哲もなさそうだ。なんとなく不気味な雰囲気を感じるのは、人気がなさすぎるせいだろう。

「幽世へ降りる方法は少々複雑だ。よく覚えておけ」

そういいながら戸塚さんは右端にある階数ボタンを指さした。

「君はオカルトは詳しいほうか？」

「俺は全然ですけど、弟が詳しいんですよ。たまーに話を聞く程度ですけど」

「それなら、異界エレベーターという都市伝説を聞いたことはあるか？」

「……あ、ああ。なんか途中で女が乗ってくるとかってやつですか？」

その話は真咲から聞いたことがあった。

〝エレベーター　異界〟で検索をかけるとすぐに出てくる有名な都市伝説だ。

十階以上ある建物のエレベーターに乗り込み、四階、二階、六階、二階、十階と順番に移動する。その間、途中で別の階に止まったり、誰かが乗り込んできたら失敗だ。

何事もなく十階に到着した場合は五階に向かう。するとそこで見知らぬ女が乗ってくる。ちなみにここで女が乗ってきた場合は失敗ではなく、成功らしい。

最後に一階を押すと、エレベーターは下には向かわず十階に向かいはじめ、扉が開いた先には異界が広がっているとか。まぁ、信じるか信じないかは――というヤツだ。

戸塚さんのようなオカルトとは縁遠そうな人もその話を知っていたとは驚いた。

「あれ、ボタンを押す順序は正しいんだよ。といっても、都市伝説のような恐ろしい現象はまず起きないで下に降りてくだけだけどな」

「は？」

さらりと凄《すご》いことをいいながら、戸塚さんは慣れたように素早くボタンを押す。

すると点灯していた光が消え、全てのボタンが点滅し始めたかと思うとエレベーターが下に降りはじめた。

ボタンの階数表示を見る限り、地階は存在しているので本当に幽世という場所に向かっているかは定かではない。

でも、もし本当に幽世にいけるとしてだ。その順番で押せばいいなら誰でも簡単に異界にいけちゃうんじゃないか？

「誰でも簡単に幽世にいけるだろ、なんて思うなよ？　普通のエレベーターでやったって無意味だ。寧《むし》ろ、中途半端な儀式を行えば自分に返ってくる危険行為だからお勧めはしない」

「じゃあ、あの異界渡りのエレベーターの都市伝説は危ないってことですか」

「そうなるな。まぁ、現世でやっても命に関わることはないだろうから俺が知ったことではないけどな。危険が迫れば他の部署が動くだろうし」

ふっ、と妖しく笑う戸塚さんに悪寒が走った。

あとで真咲に異界エレベーターだけは試すな、と強く念押ししておこう。

「幽世の入り口はここしかないんですか」

「いいや。東京の幽世への入り口は複数存在している。例えば新宿駅の地下通路とか、浅草の雷門とか。エレベーターに限っていうなら神保町とか、な」

話をしている間にもエレベーターは降りていく。

体感的にはもう四階以上は下がっている気がするが一向に止まる気配はない。

「……これ、どこまで降りるんですか」

「幽世は現世の真下にある。そろそろ止まるはずだ」

一分ほど乗っていただろうか。

ごとん、と音がしてエレベーターが止まる。

扉が開いた先にあったのは俺が知らない世界だった。

「ここが東京幽世。これから君が配属される公安特務課がある場所だ」

エレベーターを降りた目の前には鉄製のコの字形の非常階段。その手すりから身を乗り出して下を見下ろしてみる。

そこにはタイムスリップしたような大正ロマン溢《あふ》れる街並みが広がっていた。

至る所に祭みたいに赤提灯《あかちょうちん》がぶらさがっている。今は昼間だけど夜を迎えこの提灯に灯りが灯った様を想像するだけで綺麗そうだ。

昔ながらの情緒溢れる場所かと思えばそういうわけでもない。

頭上から大きな音が聞こえ、上を向くと電車のようなものが走っていった。レールにぶら下がるのは大きな駕籠《かご》。それが何両も繋がって走っている。なんて和風チックなモノレール。これが幽世の移動手段なんだろうか。

「すげぇ……」

思わず口を開けて頭上を見ていると、幽世モノレールの上を見慣れた大きな電車が通っていった。あれは俺もよく知っている。東京の電車だ。

よく見ると、この地下街の上に見慣れた東京のビル群が広がっている。まるで吹き抜け天井のように俺は東京の街を下から見上げていた。

空がとても高い。東京でビルを見上げるのとは別の意味で首が痛くなりそうだ。

まさか、俺が暮らしていた足下にこんな世界があったなんて。

「早くしろ。おいていくぞ」

「あ……待ってください！」

戸塚さんの声で我に返る。彼の姿を探すと既に階段を降りはじめていた。俺は慌てて戸塚さんの後を追う。

階段を降りた先は大通。和風なアーケードには『幽世《かくりよ》壱番街《いちばんがい》』と書かれている。

通りの両脇には多種多様な店舗がずらりと並んでいて、大勢の人で賑《にぎ》わっていた。

看板や旗には漢字が多く使われているが、その中には平仮名を潰したようなうまく読めない字も見えた。

「人間だ」「ヒトの子がいるぞ」

そしてなにより視線が痛い。

人が多い、とはいったが通りを歩いているのはただの人ではなかった。

鬼みたいな角が生えていたり、獣の姿だったり、俺よりもはるかに背が大きかったり、逆にこびとのような人もいる。

「戸塚さん、戸塚さん。今日はハロウィンじゃないですよね」

好奇の視線を避けるように、俺は体を小さくして戸塚さんの傍《そば》による。こんな光景、渋谷のハロウィンでも見たことがない。

今通り過ぎたのは一つ目の鬼。特殊メイクにしてはリアルすぎる。あっちの狸《たぬき》は二足歩行で歩いているし、道を歩く野良猫の尻尾は二股に分かれているじゃないか。

「いったただろう、ここは幽世だ。ここに暮らすのは皆あやかしだよ」

「……本当に幽世なんて世界にきたんすか」

驚く俺に、戸塚さんは「そうだといっているだろう」と呆《あき》れ気味に溜息をついた。

「しかし……君もあやかしの姿が見えるようで安心した。まぁ、半妖になったのだから見えて当然か」

「普通の人には見えないんですか」

「霊感が強い人間以外は見えない。昔は殆《ほとん》どの人間が見えていて彼らと共存していたようだが、時代が進むにつれ人間はあやかしが見えなくなったり、受け入れられなくなった。そして二つの種族間で争いが起きはじめ、幽世と現世は境界を引き、暮らす世界を分けたんだ」

相変わらずあやかしたちは俺のことを興味深そうに見つめてくる。しかし戸塚さんがひと睨みすると彼らは目をそらしさっと道を空けた。

「知らないニンゲンだ」「ウマそうな匂いがする！」「だが、戸塚の旦那が一緒だ。手を出したら消されるぞ」「くわばらくわばら」

あやかしたちは俺に興味があるようだが、戸塚さんのことは恐れているらしい。

「戸塚さん……あの人たちに怖がられてません？」

「あやかしたちは良くも悪くも人間に興味津々だ。中には危険な奴《やつ》もいる。取って食われないようにそれ相応の対応をしただけだ。君も気をつけろ」

戸塚さんと目があったあやかしたちはさっと視線をそらし逃げていく。一体彼はなにをしたというのだろう。

そんなこんなで戸塚さんに守られながら商店街を抜けると、突き当たりに武家屋敷のような大きな建物が見えてきた。

周囲とは一線を画する背の高い塀。開いている門の奥には厳かな雰囲気を放つ瓦屋根の木造の建物が見える。

「ここが公安特務課の本部だ。そして今日から君の住処《すみか》でもある」

「住処って……」

「特務課のメンバーは皆事情があって本部に住み込みで働いている。仕事場兼寮だと思ってくれ」

「戸塚さんも住んでるんですか？」

ああ、と至極当然そうに戸塚さんは頷いた。

就職先と衣食住は保障するとの話だったが、まさか住み込みだとは思わなかった。

色々なことがありすぎて、最早《もはや》この事実をすんなり受け入れている自分がいた。

バイトをしながら必死に生きていたあの日々がなんだかとても懐かしい。人生なにが起こるかわからないとはよくいったものだ。

門の前に佇みながらぽかんと口を開けていると、遠くのほうから爆発音が聞こえた。

「なんだ！」

驚いて振り向くと、土煙が上がっているのが見えた。

「ああ、気にするな。いつものことだ」

東京ならば誰もが瞬時に騒ぎはじめ、スマホを構えるほどの爆発音。しかし戸塚さんも周囲の通行人も、一切気にした様子はない。

「あやかし同士のいつもの小競りあいだろう。大したことじゃない」

「大したことじゃないって……凄い音がして、煙も上がってますよ！」

「こんなことで動じていたら身が持たないぞ。幽世はそういう場所だ。現世での非日常が、この世界では日常なんだよ」

戸塚さんは門をくぐったところで足を止めた。そして振り返ると、俺を招くように妖しく微笑《ほほえ》みを浮かべる。

「幽世へようこそ、西渕真澄くん」

＊　＊　＊

屋敷の中は想像どおりの日本家屋だ。縁側をとおり、手入れされた広い中庭を横目に奥へ進んでいく。その突き当たり、閉められた障子戸を戸塚さんが勢いよく開いた。

「戻ったぞ」

二十畳はありそうな大きな和室。その中心には大きな座卓が置かれており、そこに座っていた二人の女性がこちらを向いた。

「あら、おかえり稔。思ったより早かったじゃない」

一人は派手な着物を着た、長髪の妖艶な美女。長い黒髪は毛先にむかうにつれ赤のグラデーションが入っている。

一瞬目があって思わず息をのんだ。とんでもない美人だ。

「騒がしいようだが、なにがあった」

「参番街で風神と雷神が小競りあいしているのが見えました。今のところ現世に影響はありませんが、念のため三海《みうみ》さんを現地に飛ばしたところです」

袖から五色の紐が垂れた、袴姿の女の子。白髪のおかっぱ頭で、額から小さな黒い角が二本生えている。その目元は朱色の紋様が描かれた白布で隠されていて表情は窺《うかが》えない。

「どうせいつもの兄弟喧嘩《げんか》だろう。三海ならうまいこと宥《なだ》めてくれるはずだ」

淡々と業務連絡を交わしながら、戸塚さんは座卓の中央に座った。ちらりと聞き覚えのある名前がでたのはきっと気のせいだろう。

入り口で呆然《ぼうぜん》と突っ立っている俺に、女性陣の視線が刺さる。

一つは友好的な、もう一つはあからさまな敵意。

「この子が例のニンゲンの坊や？」

「ああ、彼が西渕真澄。黄金が取り憑いた半人半妖の青年だ。本日付で我々公安特務課で身柄を預かることになった。よろしく頼む」

戸塚さんに目配せされ、俺ははっと姿勢を正す。

「に、西渕真澄です！　よろしくおねがいします」

まるで新入社員の気分。いや、実際そうなんだけど。

深々と頭を下げると、黒髪の女性が歩み寄ってきた。

「ふふ……可愛らしい坊やじゃない」

彼女は妖艶に笑いながら俺の顎を持ち上げ、品定めをするように顔を近づけた。

「私は鬼蜘蛛《おにぐも》のヒバナ。どうぞよろしく」

なめ回すような視線。花のような香りにくらくらしそうになる。

めきめきと音がしたかと思うと、ヒバナさんの背中から蜘蛛の脚が四本生えてきて目を疑った。

「ちょっ……ちょっと……？」

距離を取ろうとするが、背中から伸びた脚にがっしりと抱きしめられて身動きがとれない。そうしている間にヒバナさんは俺の首筋に顔を近づけ匂いを嗅いでくる。

「ああ……人とあやかしが混ざりあったいい匂い。とっても美味《おい》しそう。他のヤツに喰われないように大切にとっておこうかしら」

まるで獲物を捕食する蜘蛛だ。

身の危険を感じ戸塚さんに助けを求めると、彼は呆れ気味に咳払《せきばら》いを一つ。

「ヒバナ。戯れるのはそこまでにしておけ。西渕が怖がっているだろう」

「稔も九十九《つくも》もからかいがいがないのよ。少しくらいいいじゃない」

ヒバナさんはとっても残念そうに俺から離れた。驚かせてごめんなさいね、と謝ってくれるあたり悪い人ではないようだけど……あれは完全に俺を喰うつもりだった。

「ヒバナ様は本当に人の子がお好きですよね」

恍惚《こうこつ》の表情を浮かべながら、蜘蛛の脚をしまい元の姿に戻るヒバナさん。俺がどうしていいか分からず視線を泳がせていると、今度は白髪の女の子が歩み寄ってきた。

「西渕真澄さん、でしたね」

「あ、はい」

「あたしは百目鬼《とどめき》。鬼の子です。よろしくおねがいします」

「こちらこそ、よろしくおねがいします」

頭を下げる礼儀正しい少女にほっとした。よかった。あやかしにも話が通じるまともな子がいるようだ。

「彼女たちも公安特務課の仲間だ。あとは先程話に出た烏天狗《からすてんぐ》の三海と、京都出張中の九十九という人間の局員。他にももう一人いたんだが……今はその計六名で動いている」

戸塚さんの説明を受けながら指折り数えてみた。

戸塚さん、ヒバナさん、百目鬼ちゃん、まだ見ぬ先輩があと二名。あれ、一名足りない。

「じゃあ、俺を入れて六人ってことですね？」

「いや……君を入れたら七人だ。もう一人は今、君の中にいるだろう」

「黄金様を解放してください。今すぐに」

百目鬼ちゃんがずいと俺に詰め寄ってきた。

彼女が袖をまくると細い腕にぎょろりと幾つもの目が現れた。沢山の目がじっと俺を睨み上げてくる。とんでもなく怖い。集合体恐怖症なら倒れてる。

「い、いや、解放しろっていわれても……」

「できないのであれば、今すぐに引きずり出します」

沢山の目玉がかっと目を見開く。目があったら呪われそうで、俺は必死に目をそらした。

「そんなこといわれても、俺も本当に自分の中にあやかしがいるだなんて信じられないんだよ！　自覚ないし！　そもそも話してないし！」

「あなたの中から黄金様の匂いがしています！　嘘をつくなんて度し難い！　今すぐ黄金様を解放しなさいっ！」

胸ぐらを摑《つか》まれて強く揺さぶられる。

前言撤回。殺意に満ちているこの子もまともじゃない。

『──そんなにわめき散らさずとも、私はここにいるぞ百目鬼』

聞き覚えのある声がすると、突然目の前ににゅるんと煙のように細い狐が現れた。

「黄金様！」

「うわっ！」

それを目にした瞬間、百目鬼ちゃんは俺を思いきり突き飛ばし狐の下へ駆け寄った。

「黄金様っ！　ああっ……人の子なんか助けたせいでなんてお労《いたわ》しいお姿に……」

『心配をかけたな。こんな姿だけれど、私は元気だぞ』

百目鬼ちゃんの手の平にすり寄る狐。感動の再会はそれは非常に喜ばしいことだけど──。

「あの……降りて、くれません？」

突き飛ばされた俺は仰向《あおむ》けに倒れ、その上に百目鬼ちゃんが立っている。丁度鳩尾《みぞおち》辺りを踏まれているからとても苦しい。

「黄金様は高貴なお方。あなたごときが黄金様を取り込もうだなんて無礼極まりないです。一生そこで倒れているのがお似合いかと」

『まぁそういうな百目鬼。彼を助けたのは私の意思なのだから、どいておやり』

「はい、黄金様っ！」

窘《たしな》められた百目鬼ちゃんは即座に俺の上からどいて狐に微笑みかける。清々《すがすが》しいほどの対応の差。俺が一体なにをしたっていうんだ。

『さて……きちんと挨拶するのははじめてだな、西渕真澄。元気になったようでなによりだ』

起き上がった俺の傍に、狐がふわりと漂ってきた。

「お前があの時俺を助けてくれた狐なのか？」

『正しく。私が天狐神黄金だ。堅苦しい名前ゆえ、気楽に〝こがね〟と呼ぶとよい』

金色の毛皮。そして宝石のような金色の目。大分細く、縮んではいるがあの夜東京駅で俺を助けてくれた狐に間違いない。

その背後では百目鬼ちゃんが「なんて口の利き方を！」と怒り狂っている。

「怪我してるように見えたけど、大丈夫なのか？」

『うむ。其方の中で休んで傷はすっかり癒えた！』

こがねは元気そうに俺の周囲をくるりと回った。小動物のようで可愛らしい。

「無事帰還できてなによりだが……そのマスコットのような姿はなんだ」

ただ一人落ち着いて座っていた戸塚さんが口を挟んだ。

『正直なところ私にも原因がよくわかっていないのだ。恐らく、真澄を生かすために多くの妖力《ようりょく》を使ってしまったためこの姿になってしまったのだろう』

「……つまり妖力不足ということか。西渕に取り憑いたのにも関係が？」

『手負いのまま儀式を行った反動で、私はこの男と深く結びついてしまったらしい。今の力では分離は難しそうだ』

「それってつまり……」

『うむ。私が完全に力を取り戻すまでは、其方の中にいるしかなさそうだ』

世話になる、と黄金は挨拶するように俺の周りをくるりと回った。

「はあっ!?　そんなの聞いてないぞ！」

「黄金様に命を救ってもらいながら、なんて口の利き方を！」

思わず声を荒らげた俺に百目鬼ちゃんが物凄い形相で詰め寄ってくる。

『気にするな真澄。百目鬼は其方に妬《や》いておるだけだ』

「や、妬くって……」

『百目鬼は私の可愛い弟子だ。急に弟分が増えて戸惑っているのだろう』

「あたしはあなたを絶対に認めません！」

ぷいっとそっぽを向かれてしまった。出会って数分でここまで嫌悪を向けられるとは予想外だ。というか俺がこがねに口移しで血を飲ませられたと彼女が知ったらどうなるのだろう。確実に殺される気がする。

やいのやいのと騒いでいると突然頭上から鈴の音が降ってきた。

「なんだ？」

見上げてみると、高い天井一面に大きな蜘蛛の巣が張り巡らされており、そこには赤い紐《ひも》に繋がった沢山の鈴がぶら下がっていた。

その瞬間、騒がしかった部屋に緊張が走る。

「妖魔が現れたようだな」

戸塚さんの鶴の一声で、ヒバナさんと百目鬼ちゃんが動きだす。

「場所は参番街方面よ。可愛い子供が教えてくれた」

天井から糸を伝って一匹の蜘蛛が降りてきて、ヒバナさんの指に止まる。

「大型の鬼らしき妖魔が一体。参番街外れの長屋街で暴れている姿が見えます」

百目鬼ちゃんが額に手を当てながら言う。手の甲に現れた目玉はここではないなにかを見るようにきょろきょろとせわしなく動いていた。

「家が壊されています」

「場所的には上野の真下か。現世への影響は」

「今のところはありません。動物が騒いでいる程度です」

百目鬼ちゃんの報告に戸塚さんの力が緩む。

「それなら俺たちの出る幕はなさそうだ――」「いけません」

慌てたように百目鬼ちゃんが顔をあげる。

「妖魔が東に移動をはじめました。雷門を目指している可能性が高いです！」

「それはまずいな。雷門から現世への移動を企《たくら》んでいるのかもしれない。門番はどうしてる」

「……絶賛喧嘩中です。騒ぎにも気付きません」

「……あいつらなんのためにいるんだ」

百目鬼ちゃんの言葉を聞いた戸塚さんは悪態をつきながら舌打ちをした。

「——さて、丁度いい。西渕、この部署の仕事内容を説明しよう」

戸塚さんは立ち上がると俺を見据えた。

「病院でも説明したが、幽世公安局は現世と幽世の秩序を守る組織だ。幽世の事象で現世に影響が及ぶ危険性がある場合は公安局が対処することになっている。我々特務課は唯一幽世に置かれた対妖魔の専門部署だ」

「妖魔って、俺を襲ったっていう悪いあやかしですか」

「そうだ。道を踏み外し、悪に染まったあやかしを妖魔と呼ぶ。彼らは非常に危険なため、捕縛もしくは討伐しなければならない」

成る程、と相づちをうつと戸塚さんはさらに続ける。

「俺、ヒバナ、百目鬼は後方支援。前線の戦闘要員は三海、出張中の九十九、そして黄金だった。そしてその黄金は今君の中にいる」

「……つまり、俺がこがねの代わりに戦え、と？」

「その通りだ」

察しがいいなと笑う戸塚さんに俺はあんぐりと口を開けた。

「いやいやいやいやいや。ちょっと待ってくださいよ。俺、一般人ですよ！　いきなり戦えなんて無理ですって！」

叫んだ。無理だ。有り得ない。日本という国がどれだけ平和で、戦いとは無縁の生活を送っていると思っているんだ。これはアニメじゃないんだぞ。

「君には黄金が憑いている。それに半妖になれば身体能力は飛躍的に上がっているはずだ。俺たちがサポートするし、三海もいる。大船に乗ったつもりでいるといい」

「んなこといったって！」

平然といってのける戸塚さんに俺は頭を抱えた。この人だけはまともだと信じていたのに、一番ぶっとんでいるじゃないか。

『だからいっただろう。私の手を取れば其方の人生は大きく変わると。それに其方は同意して、それでも生きたいと私の手を取ったのだろう？』

「……ぐっ」

それをいわれたらなにもいい返せない。でも、あの時は生きることに必死でなにも考える余裕なんてなかったんだ。

「最初からうまく戦えるとは思ってない。見学のつもりで気張ってこい」

そうして戸塚さんは俺に六十センチくらいの棒を握らせた。ずしりと感じる重さ。よく見たら小太刀だった。

「……これ、本物っすか？」

「いきなり日本刀を渡しても扱いに困るだろう。小さな得物から慣れていこう」

「いや、そういう問題じゃなく！　大体スーツで戦うんですか！」

動きにくい服で戦えるか、と逃げ道を探しているとヒバナさんがにやりと笑った。

「ふふ、私の糸で編んだ特別なスーツよ。伸縮性もいいし、頑丈。火に焼かれても燃えないの。この世界であやかしたちの攻撃から真澄を守ってくれるわ」

「刀に切られたって歯が立たない。丈夫さは俺が保証しよう」

戸塚さんは自分のジャケットをひらひらと動かす。話からそのすごさは伝わってくるが、今はそういう問題じゃない。俺は戦いたくないんだ。

「まぁ、いざとなれば俺も助けに入ろう。こういう非現実の世界は口で説明するより見たほうが早い。百聞は一見にしかず、百見は一触にしかず、だ」

戸塚さんはねぎらうように俺の肩をぽんぽんと叩いた。有無をいわせない視線。なんという不条理。

「パワハラだ……ブラック企業だ……」

「ブラック企業……的確な言葉だな。文句があるなら上層部にいってくれ」

眼鏡の奥の瞳が濁っていく。ああ、この人は管理職。きっと俺以上に苦労しているのかもしれない。いや、今はそんな話をしている場合ではなくて——。

「西渕真澄さん、あたしの目をよく見てください」

「……は？」

どうにか逃げ道を探していると、百目鬼ちゃんに声をかけられた。

視線を移すと彼女は目隠しを外していた。現れたのは鏡の瞳。

「——目標、妖魔一体の討伐。場所は現世上野公園直下、幽世参番街。飛ばします！」

その瞳に俺の姿が映される。まるで合わせ鏡のように、無限に続く空間。瞳の中に吸い込まれるような感覚に陥っていると、景色はかしゃんと万華鏡のように動いた。

その瞬間、目の前が白くはじける。

気付くと俺は空に放り出されていた。

「——うわああっ！」

体に感じる風。目を開けると景色は和室から大空へと変わっていて思わず叫んだ。

青と橙《だいだい》がグラデーションになった、奇妙だけれども美しい空。下に広がる幽世の街並みはそれは美しくて——って、景色を悠長に眺めてる場合か。俺は今幽世の空にいて、真下——地面に向かって真っ逆さまに落ちているのだから。

「飛ばすって、本当に飛ばされるのかよ！」

『百目鬼はまだ修行中の身だからな！　ちょっとしたはぷにんぐは日常茶飯事だ』

「ちょっとしたハプニングじゃないだろ、どう見ても！」

現地まで瞬間移動するのかと思えば、彼女の転移は予想以上に乱暴だった。

こがねが愛《う》い奴だ、と笑っているがそれどころじゃない。

この高さから地面に叩きつけられたなら、今度こそ死んじまう。

『なにを騒いでる。早く体勢を立てなおせ！』

「できるならしてるっつの！　俺は人間だぞ！　空で自由に動けるわけないだろ！」

『人の子はどこまでもか弱い存在だな！』

必死にもがくがどうすることもできない。だんだんと地面が近づいてくる。

「こがね、なんとかしてくれ！」

『今の私では其方を受け止め切れない！　私に頼らず、なんとかしろ！』

「お前だって俺に頼ってんじゃねぇか！　無理だって！　無理無理無理無理――」

ああ、もう駄目だ。と衝撃に備えて目を閉じたとき、誰かに背中をつかまれた。

「――間に合った。オマエ、新入りだなっ！」

「……へ」

がくんという衝撃と、再び上空に昇っていく浮遊感。

恐る恐る上を見上げれば、頭上には気怠《けだる》げなイケメン。その背中には大きな黒い羽が生えていた。

ハーフアップに結われた赤茶色のくせ毛。色気たっぷりの緋色《ひいろ》の垂れ目。男の俺でも頷けるイケメンだ。山伏らしい服装を着くずして、片手には錫杖《しゃくじょう》を持っている。

「新しくニンゲンが入るってきいてたけど、また野郎かよ。どうせなら可愛い女の子がよかったなぁ」

男は残念そうに溜息をつくと、片腕で俺の体を軽々引き上げて肩に担ぎ上げた。

『助かったぞ三海！』

「オマエ……コガネかぁ？　随分ちんちくりんな姿になったじゃねぇか」

こがねが嬉々《きき》として彼の周りを漂う。小さな狐を見たその人は驚きながらも歯を見せて笑っている。

「んで、いい加減オレの質問に答えろよ坊主。オマエがコガネの代わりにオレと組むニンゲンだろ？」

なんで俺は空を飛んでる。というかなんでこの人羽が生えてるんだ。

未知の状況に頭の処理が追いつかない。フリーズしていると、イケメンに自己紹介を急《せ》かされた。

「西渕真澄です。よ、よろしくおねがいします」

「おう。オレは烏天狗の三海、ってモンだ。相棒が帰ってくるまでよろしく頼むぜ」

担がれながら自己紹介をするのも異様だ。頭を下げると三海さんはほほえみ返してくれた。悪い人ではなさそうだ。

『妖魔はどこだ？』

「オレも向かってる途中でね。そしたら丁度オマエらが落ちてくるのが見えたから――」

言葉を途切れさせた三海さんは視線を前方に送る。それを辿った俺は目を見開いた。

「探さなくてもあちらさんから教えてくれた」

「なんだ……あれ」

声が震えた。

上空から見下ろして少し先に見える土煙。建物のあいだからひょこりと頭を覗かせているのは巨人の後ろ姿。

おまけにそれは咆吼《ほうこう》を上げながら建物を破壊しまくっていた。

『アレが我々の敵、妖魔だよ』

「変化がまだ甘いな。妖魔に堕《お》ちたばかりかもしれねぇ。力つける前に叩くぞ！」

「ちょっと、あんなのと戦うのか！」

「喋るな、舌嚙むぞ！」

いうが早いが、三海さんは懐からやつでの葉を取り出した。それを前方に向かって振るうと突風が吹いた。

「ちょっ――」

レースゲームの加速アイテムを使ってるみたいだ。追い風にのり、スピードが増す。俺は飛ばされないように必死に三海さんにしがみついた。

そうして瞬く間に妖魔は目の前に迫っていた。

「――ぐぅあぁぁああ！」

地に降りた瞬間、鬼の咆吼が大地を揺らした。

距離にして十五メートルほど。五メートル以上はありそうな大鬼が住宅街のど真ん中で暴れていた。

額の中央に生えた一本の大きな角。口元は興奮気味に白い息をあげ、そのすき間から鋭い牙を覗かせた化け物がそこにいた。

「あれと戦えなんて無理だろ……」

体から血の気が引いていくのがわかる。恐怖に足が竦んで動けない。

妖魔というから特撮に出てくる怪人を想像していたが、これはもはや怪獣だ。

それは手で振り払うだけで建物を壊す。一歩歩くだけで、地面を揺らし深々と足跡を残す。どこからどう見ても人間が太刀打ちできる存在ではない。合体ロボとか巨大変身ヒーローじゃないと倒せない部類のヤツだ。

「おい、どうした新入り。顔が真っ青だぞ」

『怯《おび》えているのだろう。人の子はこういうのを見慣れていないようだからな』

「……ったく、どこまでひ弱な生き物なんだか。こんなんこっちじゃ日常だぞ。まぁ、最近ちょいと妖魔の数が多い気はするけどな」

俺の横で話す二人の声が遠くに聞こえる。

戸塚さんに渡された小太刀なんて気休めじゃないか。こんなんで立ち向かったところで、弾き飛ばされてあの拳に潰されておしまいだ。

「おーい、新入り。マスミ。動けそうか？」

三海さんは暢気《のんき》に俺の目の前で掌《てのひら》を振るが、俺はそれどころではない。

『彼は私に任せろ。其方は妖魔を頼む』

「あいよ。折角の新人を失うわけにはいかねぇからな。お兄さんが気張るとするか」

軽く準備体操をした三海さんは、持っていた錫杖を地面についた。しゃん、と音を鳴らし彼は妖魔に向かっていく。

「二重円《にじゅうえん》展開――固縛！」

三海さんが錫杖を振るうと、妖魔の頭上に光る輪っかが二つ浮かび上がる。その輪は拘束具のように妖魔の身動きを止めた。

「ここで技ぶっ放したら住民巻き込んじまう。新入り、周りのヤツら避難させろ！」

「……あ」

命令に俺は一歩後ずさった。ようやく動けたのだ。

混乱する頭でなんとか状況を確認する。

「うわああっ！」

「逃げろ！」

「偃月院《えんげついん》はまだこないのか！」

周囲にいたあやかしたちが逃げ惑っている。俺を避けて、皆が散り散りに反対方向に逃げていく。

その一方で妖魔は拘束具の円陣を解こうともがいていた。

「あーもう、新入り！　動かねえなら、いい！　邪魔だから逃げろ！」

怒鳴られても俺は住民を避難させることも、逃げることもできなかった。

『──真澄』

その声はすとんと耳に入ってきた。こがねが俺を見つめている。

『私は其方と繋がっている。だから其方の感情がよくわかる。其方の世界にはあんなモノはいない。恐怖におののいて当然だ。逃げる権利だって、ある』

彼女は決して俺を責めなかった。あの夜のように俺の目を真っ直ぐ見て諭してくる。

いつだって、彼女は俺に選択肢を選ばせてくれた。

『其方はもう人間ではない。其方の中には力が宿っている。そして、私の力も。それを使いこなせば、妖魔はそう恐ろしいものではない』

「こがねの、力？」

『私は全てを見通す〝千里眼〟を持っている。その曇りなき眼《め》で妖魔を見るんだ』

いわれるがままに妖魔を目に映す。しかし、暴れている姿が見えるだけだ。

「あの大きな鬼が見えるだけだ」

『違う、もっと奥だ。普段目に映る景色の、そのさらに奥を見るんだよ。集中してよくよく目をこらせ――開眼』

目をこらす。全意識を妖魔へ向ける。

すると視界が変わった。周囲の景色から色が消え、スローモーションになる。もがく妖魔へ吸い込まれるようにピントがかちりとあった。

「――っ」

その瞬間、瞳に様々な映像が入り込んできた。

千里先のことも見通す、全知全能の目――千里眼。

見ているわけじゃない、見せられている。

これは妖魔の記憶。そして妖魔の感情。

怒り。嘆き。憎悪——赤、紺、灰。ぐちゃぐちゃに混ざった三色が螺旋《らせん》をえがき、波のように押し寄せる。

その鬼は泣いていた。

小さな体で生まれた鬼は笑いものにされていた。鬼の象徴である角が生まれつき歪《ゆが》んでいて、それを皆に馬鹿にされた。

体が小さい鬼はノロマだった。好意を寄せた女性にすら馬鹿にされた。

家の外に出るたびに、周囲の白い目が突き刺さる。皆が自分を笑っている。

鬼は大きくなりたかった。誰よりも大きく強くたくましくなって自分を馬鹿にした者たちを見返したかった。

「みんな、ぶっ壊してやる！」

涙を流しながら、鬼は全てを壊すことを選んだ。

『——真澄、聞こえているか』

こがねの声が聞こえて、景色が元に戻った。

「あの鬼が……泣いていた」

涙が伝う。あの鬼の感情につられるように、俺の目からは涙が止めどなく流れる。

『奥に潜りすぎたようだな。私の目は、制御しないと全てが見えてしまうから』

慰めるようにこがねが手で俺の涙を拭う。

再び妖魔が吼《ほ》えた。その音圧を腕で受け止める。踏ん張らなければ飛ばされてしまいそうだ。

妖魔はさらに体が一回り以上大きくなっていた。額に生えた角は大きく長く、黒々とほの暗い光を放つ。

『妖魔は哀れな存在だ。己の感情に飲み込まれ、自我を失い堕ちてしまった。彼奴《あやつ》らは己の感情を満たすために暴れ回る。だから我らはそんな哀れな妖魔たちを倒すのだ』

「助ける方法はないのか」

「あそこまで暴走しきった妖魔は倒すしかない。そうすることが彼らの救いになるといわれている」

そう説明するこがねの口調はどことなく苦しげだった。

妖魔の目からは涙が伝っている。彼の苦しみが痛いほど伝わってきた。俺に救えるものなら――救いたい。

涙を拭い頬を叩く。視界がとても明るい。頭も先程よりすっきりしている気がした。

「妖魔がどういう存在なのかはわかった。だけど俺はあの鬼と戦えるのか？」

『戦える。そのための千里眼だ。彼奴のどこが弱点なのかはっきり見えるはずだぞ』

その言葉に目をこらし、妖魔を見据える。

「角が光ってみえる」

暴れている妖魔の角がここを狙えといわんばかりに目立って見えた。

『あそこが妖魔の弱点だ。あの角を折れば彼奴は倒れる』

「じゃあ、それを三海さんに伝えないと……」

三海さんは妖魔と対峙《たいじ》している。妖魔の足止めの術に集中しているのか、おそらくここから声を張り上げても気付かないだろう。

それなら近づいて直接伝えるしかない。

「うわあああん！」

泣き声が聞こえたのはその瞬間だった。その声の主を探すと、望遠鏡を覗き込むように急に視界のピントがぐっとそちらへ寄せられる。

妖魔の足下、崩れかけた建物の陰に子鬼の少年がしゃがみ込んで泣いていた。

すぐ背後にはもがく妖魔。地団駄を踏む足が子鬼の頭上に影を落とす。

「――危ない！」

その瞬間、足は動いていた。

地面を蹴ると有り得ない速度で駆け出した。人間とは思えない速さ。いよいよ自分が人間離れした存在になってしまったんだと思い知らされる。

「——ばかっ！　逃げろっつったろ！」

走る俺に気付いたせいか三海さんの集中が途切れてしまった。

その隙に妖魔は三海さんの術を破り、拘束を抜け出す。逆上して殴りかかる妖魔の手を三海さんは避《よ》ける。

俺は振り上げられた足が地面につくより先に、足下にいた子鬼を抱きかかえスライディングをしながら近くの建物の陰に入った。

「っぶねぇ！」

「……ボク、生きてるの？」

腕の中で子鬼が震えている。顔をあげた彼と目があった。

「大丈夫？　怪我とかない？」

「大丈夫だよ……ありがとう、おにいちゃん」

子鬼は目に涙を浮かべながら微笑んだ。咄嗟《とっさ》に動いて本当に良かった。

「馬鹿野郎！　なんできた！」

遅れて三海さんがやってくる。解き放たれた妖魔は再び住宅街を壊しながら、東の方へ移動しはじめていた。

「あの野郎、自我を無くして暴走してる。オマエら抱えてちゃオレも戦えねぇ」

「ツノを狙ってください！　あそこが弱点です！」

そう伝えると三海さんは一瞬きょとんとしたがおかしそうに笑みを浮かべた。

「オマエ、見えるのか」

『なにせ私が憑いているからな』

「ふぅん。案外つかえるかもな」

そう納得すると、三海さんは俺を担ぎ上げて空を飛んだ。真下には暴れ回る妖魔の頭が見える。

「どうするつもりっすか」

「オレは戸塚の旦那みたいに口がうまくねぇからな、習うより慣れろっていうだろ」

三海さんの笑みが怖い。なんだかとても嫌な予感がした。

まさかこの人、俺をこのまま——。

「弱点を見つけたのはオマエだ。なら自分で責任持って倒せ。手助けもするし、手柄もくれてやる。気張ってこい、新人！」

三海さんは妖魔目がけて俺を投げ飛ばした。

「まじかよ！　アンタそれでも先輩か！」

彼のように羽など生えていない俺は、地面に向かって落ちていく。

目の前には鬼の頭。大きな角がはっきり見えた。

妖魔は俺を気にもとめず暴れ回っている。弱点を狙おうにも狙いが定まらない。

「風陣展開《ふうじんてんかい》──舞い上がれ、風舟《かざふね》！」

三海さんが呪文を唱えた瞬間、俺の足下に魔方陣が現れた。すると上空に向かって風が吹き上がり、俺の体が上空へ持ち上がる。

小さな舟に揺られているような微妙な感覚だが、なんとか体勢を立て直すことができた。

そこで妖魔がようやく俺に気付いたようで、動きを止めこちらを見上げる。顎が上に上がったことで、更に角が大きく見えた。

『今だ真澄！』

「もうどうにでもなれだ！」

戸塚さんから渡された小太刀を抜き、鞘《さや》を投げ捨てる。

「術を解くぞ！　一発で決めろよ！」

上昇気流が消え、俺はそのまま下に落ちていく。バランスも安定している。このまま行くしかない。

両手で刀を握り、角目がけて全体重をかけて突き降ろす。

「馬鹿にされて悔しいのもわかる。けどな、だからって無関係な人を巻き込んで暴れるのはいけねぇよ！」

そう叫びながら、刀の切っ先を角に刺した。

刃先が角に当たった瞬間、それは折れ、妖魔は叫び声を上げながら倒れていく。

「やった……のか？」

倒れた妖魔と一緒に地面に着地する。

すると妖魔の体は塵《ちり》のように消え、折れた大きな角だけがその場に残った。

『妖魔を倒すと肉体は消滅するが、象徴となる物を必ず残す。あの妖魔はきっと鬼の仲間に認められたかったのだろうな』

落ちた角を拾い上げる。磨き上げられた黒曜石のように美しい、立派な角だった。

「今のでよかったのか？」

『うむ。初陣にしては上出来だ。よく逃げずに頑張ったな、褒めてやろう！』

こがねは俺の頭をよしよしと撫でる。なんだか子供扱いされているようで恥ずかしい。

「おう、中々根性あるじゃねぇか」

三海さんが俺の目の前に降り立つ。

「あの……被害のほうは、どうなんですか？」

周囲を見回す。辺りの建物は殆ど壊されていた。土煙があがり、とても大丈夫とはいえなそうだ。

「まぁ、見ての通り長屋は壊されてるが見たところ怪我人はいなそうだ。これくらいならすぐ建て直すだろうし……後処理は上がなんとかしてくれるだろうよ」

三海さんは俺の肩に手を回し歩き始める。

「え、このまま帰るんですか!?」

「偃月院がくると面倒だから、さっさとずらかるのが一番だ。妖魔を倒したら帰って戸塚の旦那に報告。これが一連の仕事だよ」

オマエの手柄だから報告は任せたぞ、と微笑みかけられた。どう考えても面倒事をおしつけられている気がするのだが。

「帰りは徒歩なんですか？」

『百目鬼の転移は緊急事態に限るからな。基本的には緊急召集、現地解散だ』

まじか。上野から霞が関まで徒歩は辛い。幽世にも電車は走っているけれど、路線は一体どうなっているんだろうと気になってしまう。

「つーわけだから、折角だから一杯引っかけて帰ろうぜ。オマエ酒飲めるだろ？」

「飲めますけど……帰って報告はいいんですか？」

「いいっていいって。一杯飲んで、オマエ担いで急いで飛んで帰ればいいんだから」

「酒飲んで飛ぶのは飲酒運転とかにならないのか……」

「は？ インシュウンテン……なんだそれ？ 人間の諺《ことわざ》かなにかか？」

「マジかよ……」

そうだここはあやかしの世界。人間界の法律は通用しないのかもしれない。妖魔が暴れても、街が壊されても。あやかしたちは驚きはするが、次の瞬間にはみんな何事もなかったように過ごしている。

現に今もすぐ横で、主婦と思われる人たちが「もう、本当迷惑よね」「早くあの人たちがきて直してくれないかしら」などと愚痴をこぼしながら後片付けに追われていた。おばちゃんたちが話し好きなのは人間もあやかしも同じなのだろう。

「おにいちゃん！　助けてくれてありがとう！」

声をかけられ振り返ると、さっきの子鬼くんが手を振っていた。その傍らにはお父さん。俺のほうをみて深々と頭を下げている。

「どういたしまして！」

大声で返事をしながら手を振りかえした。人を助けたことはあるけれど、命を救ったのは恐らくこれがはじめてだ。

なんだか口元がむずむずする。人から感謝されるのがこんなに嬉しいなんて。

「最初はどうなることかと思ったけど、見直したよ。これから頼むぜ、マスミ」

誇らしげじゃねぇか、と三海さんは俺を茶化すように小突いてくる。

空を見上げると、気付けばもう日が傾きはじめていた。

昼まで病院にいたことが嘘のように、一日がめまぐるしく過ぎていく。幽世だとか、あやかしだとかいきなりワケがわからないことばかりだったけれど、意外とこの世界も悪くないような気がした。まぁ、あんな化け物と戦うのはできれば御免被りたいけれど。

信じられないことが起こる幽世。そこに暮らすあやかしも、人間と同じように生活を営んでいる。

街の風景も、そこに過ごす人たちの姿形も異なるけれど、確かに世界は二つ存在していた。

俺にとっての非日常がこの幽世では全て当たり前の日常なんだ。

こうして俺の幽世での生活が幕を開けた。

まだまだわからないことだらけだけど、まぁ、なんとか頑張っていこうと思える程度にはいい街だと思うから。

第弐話　天地揺るがす風雷神

夢を見ていた。

東京駅。見上げる視線の先には尻尾が四本に分かれた化け狐。

瞬きをひとつすると、その狐は忽然《こつぜん》と姿を消していた。

「──逃がしたか」

悔しげな呟《つぶや》きは俺の声ではない。いつもより低い視界。風になびく金色の髪。

ああ、これはきっとこがねの記憶だ。

「これは……まずい、な」

ぐらりと視界が傾いて地面に倒れ込む。てのひらがぐっしょりと血で濡れていた。

視線の先には血まみれの男が倒れている。顔の半分は血に染まり、足は拉《ひしゃ》げていた。

最早虫の息。かろうじて生きているだけの状態──ああ、これは俺だ。

「西渕真澄《にしぶちますみ》。巻き込んですまない。それでも私には其方の力が必要なんだ」

体を起こし俺の顔を覗き込んだ。頰に伝うのは涙。

なんでこがねが泣いている。どうして俺の名前を知っているんだ。

あの夜、なんで君は東京駅にいたんだ。

『――人の記憶を覗きみるな。無礼者』

夢の途中、突然割り込んできたこがねの声。そしてぱちんという乾いた音がして、夢は強制終了された。

「――いった」

額に感じるひりつく痛み。目を開けると俺は布団の上にいた。

『――おはよう、随分と気持ちよさそうに寝こけていたな』

ちんちくりんな姿をしたこがねが不機嫌そうに俺の顔を覗き込む。

「なんか変な夢見たんだけど」

額を摩《さす》る。目の前のこがねは片手をあげていた。どうやらあの手に叩かれたらしい。

『夢じゃない。アレは私の記憶だ。勝手に人の記憶を覗きみるなんてえっちなヤツめ』

「なっ……人をのぞき魔みたいにいうなよ！　好きで見たわけじゃないって！」

変質者を見るような眼差《まなざ》しを送られ、おもわず飛び起きた。

とんだいいがかりだ。見る夢の選択権は俺にない。もしそんな権利があるならこがねの記憶なんかより、宝くじの当選番号を見たいに決まってる。

『其方、弟がいるのか』

「いるけど……なんだよ唐突に」

『私も見たんだよ。其方と違ってとても利口そうな顔をしていたな。かなり嫌みをいわれていたようだが。兄弟仲が悪いのか』

「……お前だってちゃっかり人の記憶覗いてんじゃねぇか！」

一体どんな記憶を見ていたんだ。自分の記憶を他人に見られるのは意外と恥ずかしいらしい……ってそういう問題じゃなくて。人を変質者呼ばわりしておいて、なんでコイツは平然としているんだ。

説教しようとこがねを摑まえようとするが、細っこい狐は猫の尻尾のように手からするりと抜けていく。

「そもそもなんでお互いの記憶が夢に出てくるんだよ」

「今の私たちは一心同体だからな。恐らく無意識に共鳴しているのだろう。今回は油断したが、もう易々《やすやす》と私の記憶を覗かせはしない。其方も記憶を覗かれたくなければ、寝るときは心を強く閉じておくことだな」

「寝るときぐらいリラックスさせろっつの！」

がみがみといいあいを続けていると、襖《ふすま》がすぱんと開かれた。

「おう。お二人さん、朝から元気なこって」

現れたのは三海《みうみ》さん。寝起きなのか、寝間着がはだけ、色っぽい姿で立っている。

「あ、三海さん。すみません、うるさくて起こしちゃいましたか」

彼は怪訝《けげん》そうに眉を顰《ひそ》める。やばい、気に障ってしまったか。

「なぁ……マスミよぉ」

「は、はい」

どすどすと足音を立て三海さんは俺と目線をあわせるようにしゃがむ。説教かと思い身を竦めた。

「その『三海さん』ってのやめてくれねぇか？　気持ち悪《わり》ぃ」

「気持ち悪いって……」

「三海でいい。敬語もいらない。次破ったら罰金だからな」

「は？」

予想外の発言に目を瞬かせた。三海さ――三海は敬語とかむず痒《がゆ》いんだよと居心地悪そうに頭を掻《か》きむしっている。

「これ、先輩命令な」

「わか……った」

なんだかしっくりこないが、本人の望みなら仕方ない。頷くと三海は嬉しそうに微笑んだ。

『しかし三海、其方が早く起きるなんて珍しいな』

「ああそうだった。戸塚《とつか》の旦那にオマエらを起こしてこいってたたき起こされたんだよ」

「戸塚さんが？」

「着替えて本部に顔出せってさ。なんか急ぎみてぇだぞ。じゃ、確かに伝えたからオレは二度寝するぜ」

「それを先にいってくれ！」

暢気に部屋を出ていく三海の背に声を荒らげながら、俺は飛び起きた。

慌てて布団を畳み、急いでスーツに袖を通す。そして持ち慣れない小太刀をベルト型の刀帯に差し部屋の外に出た。

「ああ……良い天気だな」

『うむ。今日は洗濯日和だ』

部屋を出ると目の前には中庭。丁度その向かいに面しているのが『本部』と呼ばれる大広間だ。

急がなければいけないのについ、中庭から覗く綺麗な青空を見上げる。

『どうした？』

「いや。幽世にも朝があるんだなと思ってな。妖怪って夜のイメージだから」

『はは。其方たちがどんな想像をしているかわからないが、私たちあやかしの多くは、夜がきたら寝て朝がきたら起きる。人の子とそうかわらない』

さぁ行こうとこがねが先陣を切って廊下を進んでいく。

こうして俺は幽世で最初の朝を迎えた。

＊　＊　＊

「おはようございます」

「おはよう。よく眠れたか？」

本部にいたのは戸塚さん一人だった。朝にもかかわらずスーツを着こなし髪型もびしっと決めていた。まさに社会人の鑑《かがみ》だ。

「ええ、お陰様で。布団も気持ちよくてぐっすり眠れました」

「それはよかった。健康状態も特に問題なさそうだな。黄金《こがね》も調子はどうだ」

『まだまだ妖力は戻らないが、真澄の体にも馴染んできた。この姿で幽世《かくりよ》を動く分には問題なさそうだ』

戸塚さんは俺たちの話を聞きながら、目の前のパソコンに文字を打ち込んでいく。

「なにしてるんですか？」

「ああ、すまないな。一応、君の立場は監視対象だから、きちんと報告しないといけないんだ」

そこで自分の状況を思い出す。俺はこの幽世公安局に身柄を預けられていたんだ。

「……まさか呼び出しの用件ってそれ関係ですか？」

「ああ。これから現世《うつしよ》の幽世公安局本部に向かう」

「もしかして、監視が終わるとかですか」

俺の質問に戸塚さんは苦い顔をした。まずいことを聞いたかとこがねに視線を移すと、彼女は困ったように首を横に振った。

「——たった一日で公安局が解放してくれるわけありませんよ」

呆れたように中に入ってきたのは百目鬼《とどめき》ちゃん。

「百目鬼ちゃん、おはよう」

「これ、朝ご飯です。ヒバナ様から渡すように頼まれました」

差し出されたのは竹皮に包まれたお弁当だ。受け取るとずっしりと重い。中身はおにぎりだろうか。

「ありがとう、助かるよ」

微笑むと、百目鬼ちゃんはじっと俺を見上げる。

「……さすがに同情します。頑張ってください」

「え？」

俺に当たりが冷たい百目鬼ちゃんに同情された。

『私は事が済むまで其方の中で眠るとしよう。骨が折れそうだからな。現世で実体化できるほどの妖力がまだ戻っていなくてよかったと心の底から思う』

「は？」

こがねも、頑張れよとねぎらいながら姿を消してしまった。一体なにが起きてるんだ。

「……西渕」

そして戸塚さんが立ち上がる。

「――先にいっておくが、俺は君の味方だ。だが、これは一応規則なんだ。許せ」

戸塚さんが人差し指と中指を立て、俺の手首を指し「縛《ばく》」と呟いた。なんだと思った瞬間、がしゃんと音が鳴る。

「――は？」

視線を下ろすと俺は手錠をつけられていた。重くて頑丈。簡単には外せなそうだ。

「あの……これは一体なんですか」

「手枷《てかせ》だよ。監視対象を本部に連れて行く際はこうするのが規則なんだ。昨日、君が倒した妖魔の件で査問委員会から呼び出しがかかっている――つまるところ、取り調べだ」

戸塚さんの眼鏡の奥の瞳は濁っていた。そして百目鬼ちゃんとこがねの反応。絶対にただ事ではない予感がする。どうか生きて帰ってこられますように。

＊　＊　＊

「──西渕真澄。天狐神黄金《てんこのかみこがね》が取り憑いた半人半妖《はんにんはんよう》の狐憑きだな」

重苦しい空気に息が詰まりそうだ。

手枷をはめられ連れてこられたのは幽世公安局本部の会議室。だだっ広い部屋に座り、俺の後ろには戸塚さんが立っている。

そして目の前には、横一列にずらりと並ぶ七名のスーツをきた男たちが俺を睨みつけてくる。圧迫面接を受けてる気分だ。

少し前の就職活動を思い出して冷や汗が流れる。あの時のほうがマシかもしれない。

「昨日午後十五時頃、現世東京都台東区上野公園直下・幽世参番街《かくりよさんばんがい》に現れた妖魔を討伐したという事実に間違いはないか」

「は、はい」

中央に座る男性が言葉をかける。

「戸塚の報告書によると、西渕真澄が自身に取り憑いた天狐神黄金の千里眼を使用し、携帯した小太刀で戦闘を行った、との記載があったがこれに相違はないか」

「ええ……一応。でもあれが千里眼と呼ぶものなのかはわかりませんけど」

男たちが顔を見あわせてざわついた。

昨日討伐から帰った後、戸塚さんに軽く当時の状況を聞かれて答えただけだというのにこの人はいつの間に報告書にして提出していたのやら。

「天狐神黄金と意思疎通はとれるのか」

その質問が来て思わず身構えた。

『黄金のことに関して余計なことを口走らないように。曖昧に返事をしろ』

『私は取調中其方の中に隠れておる。助け船は出さないからな』

ここにくる前に戸塚さんたちに口すっぱく忠告を受けていた。

さて、どうしたものか。

「いや……その、なんというか。できるというか、できないというか……」

「どちらだ。はっきりと答えろ」

睨まれた。苛立《いらだ》っているのは明らかだ。誤魔化しなんて通用しそうな相手ではない。

「今は、できません。幽世でなら何度か話せたことがあります」

嘘はいってない。戸塚さんを見たが怒ってないからよさそうだ。

「天狐神黄金は今どうしている」

「さっきから何度も呼びかけているんですけどね。やっぱりお互いの体になれてないからだと思うんですけど。おい、こがねー。返事しろよ……あー……やっぱり駄目みたいです」

こんなんで本当にごまかせるのか。戸塚さん、お願いだから助けてください。

こがねは今、俺の中で必死に息を殺している。そんなにこの人たちが恐ろしいのだろうか。

「天狐神黄金はあやかしの中でも位が高い天狐だ。半妖の狐憑きとはいえ元人間が千里眼を扱えるとは到底思えない」

半妖、元人間という言葉がちくりと刺さる。まさかこの手枷は俺が人間じゃないからつけられているのか。あの妖魔みたいに暴れ出すとでも？

「そもそもお前は本当に西渕真澄本人なのか。天狐神黄金に意識を掌握されているのではあるまいな」

「なっ、俺は俺ですよ！」

聞き捨てならなかった。声を荒らげて立ち上がった瞬間、手枷から電流が走りその場に膝を突く。

「……っ！」

体が痺《しび》れている。膝が震え立ち上がることができない。

「それは妖力を抑える拘束具だ。それが反応するということはお前が人間ではないという証明になる」

「んなこといわれたって、俺だって巻き込まれただけで――っ！」

反論する度に電気が走った。かなりの威力に体が悲鳴を上げている。

「東京駅は人祓いを行っていた。人間が入れるはずがない。なにかを企む天狐神黄金がそこの人間を誘い入れたのでは」

「そもそも天狐神黄金を信用していいものなのか。彼女は東京駅に出現した妖魔を逃がしているではないか」

俺の存在を無視して彼らは話す。まるでこがねが悪人かのような口振りだ。

腹の底が熱い。頭に血がのぼっていく。ああ、こがねが怒っているんだ――。

「あのとき現れた妖魔は裏切りものの――」「お言葉ですが！」

直立不動だった戸塚さんが声を張り上げ、室内がしんと静まりかえる。

「西渕真澄の意識ははっきりしております。突然の事態にも柔軟に対応し、きっちり妖魔を討伐した。優秀な人材です」

「しかし彼に憑いた天狐がいつ悪さをするとも限らない。狐は人を化かす。人間の皮を被《かぶ》っているだけの可能性も――」

「もしそうであれば、貴方がたは今この場で黄金に無礼千万だと殺されている」

戸塚さんの有無をいわさぬ視線に彼らが怯《ひる》んだ。

「……も、もしそこの青年が暴走することがあれば即刻処分が偃月院《えんげついん》の答えだ」

「心得ておりますよ。そのために私がおりますので」

真顔で威圧感を放つ戸塚さんにそれ以上反論する人はいなかった。

＊　＊　＊

「……つっかれた」

一時間こってり絞られた俺は休憩所の自販機に手をついて座り込んだ。

「お疲れさん。よく耐えきった」

隣で戸塚さんが飲み物を買いながらねぎらってくれた。

「なんすかあの怖い人たち……」

「あれが俺たち幽世公安局の上層部だ。その上にはもっと怖いのがいるけどな」

「まじっすか……」

これでも飲め、と戸塚さんは俺に温かいカフェオレをくれた。

「さっきのは俺たち人間側の上層部。幽世公安局の上には偃月院というそれはそれはとても強いあやかしが管理している組織があるんだ。ウチはほぼ彼らのいいなりみたいなものだよ」

「えんげついん……なんか貴族みたいな名前ですね」

戸塚さんは俺に渡したものと同じカフェオレをごくごくと呷《あお》っていく。これは戸塚さんも相当疲れているんだろう。

「――解《かい》」

戸塚さんが俺の手枷に二本指をそえ、呪文を呟くとそれは外れ消滅した。

「外しちゃっていいんすか？」

「君が暴れたりするわけないだろ。彼らは幽世にはこない無能な重役たち。人間とは違うあやかしという存在に怯えてるんだよ」

戸塚さんは溜息をつきながらネクタイを緩める。かなり苛立っているようだ。

「特務課が幽世に置かれているのはメンバーにあやかしがいるから……ですか？」

「ああ。それも理由の一つ、だ」

なんだか答えが釈然としない。深く踏み込んで良いものだろうか。

「――一本、吸ってきていいか？」

俺が答えるよりも早く戸塚さんが懐から煙草《たばこ》を出した。

「戸塚さん、煙草吸うんですね」

「苛ついたときだけな。その後少し用事があるから、飯でも食ってここで待ってろ」

そういって戸塚さんは休憩室から出ていった。なんだかはぐらかされた気がする。

テーブルに座り、先程百目鬼ちゃんから渡されたお弁当を取り出した。

「……おお、美味《うま》そう」

竹の皮を開くと、大きなおにぎりが二つと玉子焼きが数きれ。それと漬物が添えられていた。なんて美味しそうな弁当だろう。

「いただきます」

手をあわせておにぎりをかじる。中身は梅干しだ。

あやかしは虫とかイモリの丸焼きとかを食べてるイメージがあったけれど、意外と人間と変わらない食文化のようで安心した。

「こがねは食べなくていいのか？」

『――よい。其方が栄養を摂《と》れば私にも届く。気にせず食べろ』

声をかけるとこがねは頭の中で返事をした。

「なぁ、こがね。お前あの人たちに煙たがられてたけど、なにやらかしたんだよ」

『私を犯罪者扱いするとは無礼な奴め。私は妖狐《ようこ》の中でも高位の天狐だぞ』

叱られた。頭の中でこがねの声がぐわんぐわんと反響して気持ちが悪い。

「あの人たちこがねのことをやたら警戒して、怯えてるみたいだったから……」

『誰だってなにかしらの事情を抱えているものだ。ときがくれば話してやる。女子《おなご》の過去を追及する男は嫌われるぞ』

「……なっ」

そういわれたらそれ以上なにも聞けないじゃないか。くそ、彼女にもうまくごまかされてしまった。

『――グッモーニン！　次はお天気コーナーです！』

休憩室の簡易テレビから軽快な声が聞こえてきた。

『浅草ではここ三日連続で局地的なゲリラ雷雨が発生しています。遊びに行かれる方は念のため傘をお忘れなく！』

テレビに映るのは、昨日夕方頃にあったというゲリラ雷雨の映像だ。前が見えなくなるほどの雷雨と強風。豪雨というよりは最早台風に近い。

幽世も妖魔騒ぎで大変だったが、現世も現世で大変だったらしい。

確かに時々浅草方面に配達にいくと雨に降られることが多かった。自転車だと体は濡れるし、品物にも気を配りながら進まなきゃいけないから大変なんだよな。

『現世でもこのように騒がれているのか』

こがねの呆れた声が頭の中で聞こえた。なにか思い当たることでもあるのだろうか。

「――あ、いた」

質問しようとしたとき、聞き慣れた声が背後から聞こえてきた。

「——真咲《まさき》？」

振り返って思わずおにぎりを塊でごくんと飲んでしまった。

そこに立っていたのは弟の真咲。手にはボストンバッグを持っている。なんで弟がここに。

「真咲お前……なんでいるのさ？」

「兄さんの荷物持ってこいって、戸塚さんって人に呼び出されたんだよ。さっきそこで会ってここに兄さんがいるって教えてくれた」

差し出された鞄《かばん》はずっしりと重い。

「てっきり待たせてると思ったんだけど、なにも知らされてなかったわけ？」

「いやぁ……まぁ、そのなんていうか」

そうです。俺はなにも聞かされてません。サプライズでした。

真咲の眉根に皺が寄っていく。この表情は「この馬鹿兄貴大丈夫か？」という感情の表れだ。

「お前、大学よかったのかよ」

ここで兄の秘技、突っ込まれる前に話題すり替え発動。

「代返頼んだ。午後から行くから問題ないよ」

「そっか。わざわざ悪かったな。あ、朝飯食ったか？　ヒバ——寮で持たせてくれたおにぎり、食べるか？」

「いらない。俺が他人が握ったおにぎり食べられないの知ってるだろ」

弁当を差し出すと、真咲は素っ気なく首を横に振る。

弟は俺と正反対で几帳面《きちょうめん》の潔癖症。かなり気難しいが、根はいいヤツなんだ。

「ま、まぁ……折角きたなら座れよ。コーヒーでいい？」

向かいの椅子を指さすが、真咲は立ち尽くしたまま動かない。

じっと見つめる視線を追えば、そこには手枷の痕がくっきり残った俺の手首。

慌てて手を後ろに隠した。やましいことはしていないのに背筋が凍る。手枷をつけられて圧迫面接を受けていたただなんて身内には口が裂けてもいえるはずがない。

（……やべぇ）

「兄さん。この職場本当に大丈夫なの？　ヤバかったら労働基準局とか警察に逃げ込んだほうがいいと思うよ」

「なにいってんだよ……ここが警察だっつの。皆憧れの公務員だぞ」

目が泳ぐ。圧迫面接の幕が再び開いた。

「就職したのは本当に兄さんの意思だったわけ？」

無愛想だが真咲は人をよく見ている。生まれつき霊感が強い弟は、勘も鋭かった。

真咲は一歩歩み寄り、顔を近づけて俺の目をじっと見つめた。

「……お祓い、行ったほうがいいんじゃない？」

弟は明らかに俺ではないなにかを見つめている。俺の心臓が高鳴ると同時に、俺の中でこがねが息を呑《の》んだのがわかった。

「――遅くなったな」

冷淡な声が場を切り裂いた。

「無事お兄さんと合流できたようでなによりです」

「……どうも」

真咲の視線が俺から戸塚さんに移る。息を止めていた俺はほっと胸を撫で下ろした。

「戸塚さん、でしたっけ」

「ええ」

「兄に妙なことしてませんよね？」

真咲は戸塚さんをじっと睨みつけた。

「……というと？」

「兄は体が頑丈で運動だけは得意ですが、頭の出来はあまりよくないので。警察に入れること自体が不思議だな、と思いまして」

「そこまでいうか……」

思わず突っ込むと、真咲は黙ってろと俺を睨みつけてくる。俺が両手で口を塞いだところで彼は言葉を続けた。

「半年以上一緒に暮らしていましたが、兄から公務員試験を受けたという話も聞いてないし、試験時期もずれている。おまけにいきなり勤務だなんて……警察学校にも通ってませんよね？」

真咲は的確に図星を指し続けている。これにはさすがの戸塚さんも驚いて目を丸くしていたけれど、怯むことはない。

面白そうに口角を上げながら、眼鏡の位置を直す。

「採用方法に関しては機密事項でしてね。まぁ……お兄さんは色々と特例だ、とだけいっておきますよ」

「ふぅん……警察は本当に『機密事項』が好きなんですね。そんなに兄が特別な存在だとは思わないけど」

いちいち毒づいてくるし、戸塚さんの説明は絶対に腑《ふ》に落ちてない。

「……まぁ、いいですよ。そういうことにしておきます。じゃあ兄さん精々頑張って」

「あ、ああ……ありがと。また、連絡する」

真咲は手を振りながら、素っ気なく休憩室を出ていった。

「両親よりも、君の弟が一番厄介な相手だな」

戸塚さんは感心しながら俺の向かいに座った。

「アイツは俺が持ち忘れたものを全部持って生まれてきたんですよ。花の東大生です。凄いでしょう」

「ほぉ……なら、俺の後輩だな」

さらっとした告白に俺は目を丸くする。目の前にも東大生がいたなんて。

そうだ、戸塚さんは曲がりなりにも公安局の管理職。頭が悪いはずがない。

「……どうせ俺はFラン大学卒業ですよ」

学歴コンプレックスになりそうだと突っ伏した。

「気にするな。学歴よりも人間性のほうが大事だよ。勉強だけできたって人間ができてなければあの上層部の老人みたいなクズに成り下がる。それに、幽世じゃ学歴なんて無意味だからな」

それもそうだな、と戸塚さんの慰めを聞きながら俺は最後の一口を飲み込む。

「ごちそうさまでした！　美味しかった」

両手を合わせると、戸塚さんが立ち上がった。

「――よし、腹ごしらえも済んだなら行くぞ」

「幽世に帰るんですか？」

「戻るには戻るが、今日は別の道から行く」

首を傾げると、戸塚さんはテレビ画面を指さした。

「今日で三日連続だろう。そろそろ対策打たないと、また上からどやされるんでね」

流れているのは天気予報。

さっき流れていた浅草のゲリラ雷雨のニュースを思い出した。戸塚さんが動くということはまさか——。

「幽世となんか関係してるんですか?」

「ご名答」

戸塚さんの不敵な笑みに、俺の顔は引きつった。

今日もまた忙しい一日になりそうだ。

＊　＊　＊

霞ケ関駅から電車に揺られて三十分。俺たちは東京の有名観光地、台東区は浅草、雷門前にやってきた。

「以前話したことがあると思うが、雷門も幽世へ通じる道の一つだ」

大きな赤提灯を見上げながら戸塚さんは言った。

するとと彼は唐突に胸ポケットから取り出した黒革の手袋をつけると、手を前に伸ばし、人差し指と中指の二本で宙に五芒星《ごぼうせい》を描く。

「陰と陽　二つの世を繋ぐ理《ことわり》　秘匿の霊道　姿を示せ」

「ちょっと、周りに人がたくさんいますよ。大丈夫なんですか！」

周囲から視線が突き刺さる。ここは往来だ。公安局のエレベーターとはワケが違う。

いきなり雷門前でスーツを着た男が不審な行動をとれば目立って当たり前だ。

「うるさい、黙ってろ——開門」

戸塚さんが手を叩いた瞬間、周囲の音が止《や》んだ。

「——え？」

周囲を見回して息を呑んだ。

時間が止まっていた。通行人、車、鳥。雷門周辺にいる全てのものが静止している。

おまけに景色は白黒で、目の前の雷門だけが赤く目立っていた。

「これが幽世に繋がる道だ。霊道とも呼ぶ」

『人間があまり長居をすることはお勧めしない。幽世とは違う所へ連れて行かれることもあるからな』

ひょこりとこがねが顔を出した。

「おまえ、ようやく出てきたな！」

『ここはもう現世ではないからな。幽世が近くなれば私も姿を出せるのだ』

ご機嫌そうに俺の周りをくるくると漂う。

『さぁ、真澄。頭を下げ息を止めて、雷門をくぐるんだ。急がないと霊道に取り残されるぞ』

はっと前を見ると戸塚さんはさっさと門をくぐりはじめていた。

何が何だかわからない。ここの人たちは説明不足すぎるんだ。

「頭を下げて……息を止める」

思い切り息を吸い込み、止める。そして頭を下げながら雷門の下をくぐりはじめた。

朱色の門を歩く。ふと左右から突き刺さるような視線を感じた。

『倅《せがれ》を頼む』

『軟弱者だが愛《いと》おしい、我らが倅をよろしく頼む』

(――誰の声だ)

一瞬顔をあげそうになったが踏みとどまった。なるべく他のことを考えないようにしながら、俺は急ぎ足で歩き続けた。

門をくぐると頭上に落ちていた影が晴れる。そして喧噪《けんそう》が戻ってきた。

『真澄、もう普通にして大丈夫だ』

「すげぇ」

顔をあげて、思わず頬が綻んだ。

浅草寺の参道。その両脇に様々な店が立ち並ぶ仲見世通り。幽世にも同じようにずらりと店が並んでいる。コロナ禍で見られなくなった浅草の賑わいが蘇ってきたようだった。

「無事に通り抜けられたようだな。今みたいに入り口によって入り方は様々だ。また現世に行く度に色々と教えていこう」

「そういえば、門をくぐるとき誰かの声が聞こえませんでした？」

「声？　いや、俺はなにも聞こえなかったが……」

『私もなにも聞こえなかったぞ』

二人には聞こえていないようだった。俺の聞き間違いだったのだろうか。

その時前方から爆発音が聞こえた。

「なんだ!?」

『――またはじまったな。懲りないヤツらめ』

「……またか」「収まるまで店じまいだな」「全く……」

爆発したというのに、周囲は驚くどころか「またかよ」みたいな空気が流れている。こっちの世界の人たちはこういうことに慣れすぎだろう。

すると通りの店が一斉に店じまいをし始めた。中には扉を閉めた上から木の板を打ち付けはじめている人もいる。

《──稔《みのる》。また双子が喧嘩しているようだけれど、三海を飛ばす？》

「いや。今現場に俺と西渕がいる。こちらで対応するから気にするな」

どこからか現れた指の先ほどの小さな蜘蛛が戸塚さんの肩にいた。その蜘蛛からヒバナさんの声が聞こえている。

「なんすかその蜘蛛」

「ヒバナの子供……というよりは子分、分身みたいなものだな。幽世の至る所にいて、無線にもなる便利な子だよ」

小グモは役目を終えると、空に糸を伸ばしすっと姿を消した。あの蜘蛛もきっとあやかしの類いなんだろう。

「な、なにがはじまるんですか」

「見てればわかる。さっさと行くぞ」

蜘蛛の子を散らすようにあやかしたちが消えた通りを、戸塚さんは先陣切って歩きだした。幽世と現世が同じ道の作りをしているかはわからないが、ここが仲見世通りとするのであればこの先にあるのは浅草寺だ。

するとと急に頭上が暗くなった。

「雨雲？」

快晴の空が急に真っ黒な雨雲に覆われる。そして遠くから稲光が見えはじめた。

「西渕、走るぞ！」

「はい！」

走り始めた瞬間、空から雨が落ちてきた。凄まじい勢いで降り注ぐ雨。鳴り響く雷。

そして強風が吹き付ける。これはゲリラ雷雨というよりは——嵐だ。

「どうなってるんすか！」

「大丈夫だ、すぐ抜ける！」

前が見えないほどの大雨。走り続けて約四百メートル。

仲見世通りを抜けた先にはやはり浅草寺があった。境内に入った瞬間、雨が止んだ。

「……雨が止んだ？」

『違う。奴らの周りはなんの影響もないだけだ』

背後を見ると、雨が降っていた。俺たちの頭上には黒い雲が広がっているが、屋根の下に入ったように雨は一滴も降っていない。

不思議に思いながら、こがねの視線の先を追うとそこには二人の鬼がいた。

「妖魔か！」

思わず刀に手が伸びるが、戸塚さんは違う違うと手を振った。

「今日こそ決着つけようぜ、伊吹《いぶき》！」

方や額に二本の角を生やした豪快そうな金色ツンツン頭の青年。着物の袖を肩までたくし上げ、背中にはよく見る雷様の太鼓を背負っている。

「それはこちらの台詞《せりふ》だ雷光《らいこう》！　今日こそ吠《ほ》え面《づら》をかかせてやる」

方や額に一本の角。長い黒髪のクールな美形。着物をきっちりと着こなし、その肩には薄緑色の大きな布を羽織っている。

雷門。二人の鬼。荒れる天候。この二人は――。

「まさか……」

「風神と雷神だよ」

戸塚さんの言葉に俺は口をあんぐりと開けた。日本人なら誰しも一度は耳にしたことのある名前。まさかその二人が幽世に住んでいるだなんてちょっと感動だ。

「あれですか、あの雷門の横に立ってる風神雷神様ですか。あの屏風《びょうぶ》の人ですか！」

『なんだ。人の子はそんなに風雷神を信仰しているのか？』

興奮気味に詰め寄ると、こがねが意外そうな顔で目の前の鬼を見る。

「すげぇ……本物だ……風神雷神って本当にいたんだ。サインとか貰《もら》えるかな」

拳を握りしめる。滅茶苦茶《めちゃくちゃ》テンションが上がる。まるで芸能人に会った気分だ。

『真澄……興奮しているところ申し訳ないが、其方がいっておる風雷神は恐らく先代だ。奴らは二代目だ』

「そのとおり。そこにいるのは雷門の門番になった自覚がない、ぺーぺーの新人さ」

苛立ちながら戸塚さんは目の前の風神雷神を見つめる。

彼らは俺たちに気付くことなく戦いの火蓋を切った。

「招雷《しょうらい》——轟《とどろ》け、鳴神閃光《なるかみせんこう》！」

雷神が太鼓を叩けば風神に向かって雷が落ちる。

「招風《しょうふう》——吹き飛べ、山颪《やまおろし》！」

風神が風布を振れば、強風が起きる。

雨こそ降らないが、境内の中で風と雷が猛攻している。互いの攻撃がぶつかり合うほどに外への影響が大きくなっていた。なるほどだから通りの商店は皆店を閉めていたのか。店の人たちが呆れていたのも頷ける。

幽世がこんな感じになっているということはつまり——。

「浅草の局地的なゲリラ雷雨ってまさか——」

「二人が暴れると嵐が起きる。水害風害を防ぐはずの彼らがこの事態を引き起こしている……というわけだよ」

「……そうか。ゲリラ雷雨の原因は、こいつらの喧嘩のせいだったんだな」

アーバンイートの配達中、何度かゲリラ豪雨にあたったことがある。晴れの天気予報だったからレインコートもなく、ずぶ濡れで配達をしたんだ。

鞄に雨漏りしてしまい、中の商品が濡れて怒られた挙げ句、受けとってもらえず泣く泣く自腹を切ったことだってあった。

ああ、思い返せば色々なことがあったなあ。そうかそうか、それも全部こいつらのせいか。

「どうしたどうした！　お前の力はこんなもんか！」

「図にのるなよ、雷光！」

目の前の鬼たちはすっかり自分の世界をお楽しみのようだ。

「なぁ、こがね。あの二人、なんで喧嘩してるんだ？　重大な理由でもあるのか？」

驚くほど呆れた声がでた。顔をひきつらせている俺にこがねが驚きながら答えてくれる。

『重大な理由……というか、昔からあの兄弟は仲が悪いんだ。顔をあわせる度にどちらが強いか力試しをしているんだよ。ただ、それだけだ』

「そうかそうか。どちらが強いか決めるのはそれは大事なことだよなー」

『ま、真澄？』

はっ、と乾いた笑いが零れる。戸塚さんとこがねが一歩距離を置いた気がした。

呆れた話だよな。自己顕示欲のために、沢山の人間が被害をこうむっているだなんて。

あの頃は自然の事だから仕方がないと思っていたが、まさかこんなくだらない事情で俺は雨の中仕事していたのか。なにが雨にも負けず風にも負けずだ。

はっ、くっだらねぇ。ばかみたいだ。なんだか無性にむかついてきた。

「……ふざけんな！　くだらねぇことで喧嘩してんじゃねぇよ！」

『真澄!?』

「おい、よせ！　巻き込まれるぞ！」

俺は怒鳴りながら喧嘩している二人に近づいていく。

戸塚さんから制止がかかり、こがねが俺を止めるように前に出るも構わず突き進む。

「おい、お前ら今すぐ喧嘩やめろ！」

距離にして一メートル。二人はようやく気付いたようで、動きを止め俺を見下ろす。

「あ？　てめぇ人間か？」

「喧嘩、やめろ。街が壊れる」

暴風雨吹き荒れる境内外の通りを指さした。その光景は二人の目に入っているだろう。だがあろうことか、二人はすぐに視線を逸らしまた睨みあった。

「ふん、関係ねぇ。部外者はすっこんでろ」

「人の子ごときが我々に指図をするな」

「あ？」

なにいってんだこいつら。その言葉に、俺の堪忍袋の緒がぶっつりと音を立てて切れた。

目の前で暴れているのは見た目は大人に見えるがただのガキ。こんなもの神と呼べる代物ではない。こんな奴らを風神雷神と呼べるわけがない。

「関係あるんだよ馬鹿野郎！」

俺は二人の胸ぐらを摑み引き寄せた。

「喧嘩両成敗だ！」

不意を突かれ体勢を崩す風雷神もどき。その隙を突いて俺は手を放し、二人の脳天目がけて思い切り拳を振り下ろした。

「……やりやがった」

『あははっ！　それでこそ人の子は面白い！』

背後で戸塚さんが頭を抱え、こがねが腹を抱えて笑っていた。

「なにしやがる！」

「人間ごときが私たちを殴るなど、万死に値する！」

「うるさい！　人の迷惑考えないで暴れる馬鹿が神様なのってんじゃゃねぇよ！　今までどれだけの人が迷惑かけられたか……いや、現にどれだけ迷惑かけてんのかわかってんのか！」

俺は天を指さす。それを追うように二人は空を見上げた。空には暗雲。周囲は大嵐。

「なんだこれ」

「なぜ、街が壊れている」

二人はぽかんと口を開ける。どうやら自分たちの影響力に無自覚だったようだ。

「お前ら、そこに直れ。全日本国民に代わって、俺が説教してやる」

そして俺は風神雷神を正座させ、説教をはじめた。

『戸塚、止めなくていいのか』

「……もう好きにしてくれ。俺は喧嘩が止まればそれでいい」

背後で二人が退屈そうに欠伸を零す。

『神に説教するとは随分と肝が据わった男だな、真澄は』

「怖い物知らずのエネルギー溢れる新人だからこそなせる業《わざ》だ。くわばらくわばら」

俺が説教するほど二人の戦意はそがれていく。

そして二人が足の痺れに耐えきれなくなる頃、嵐はすっかり勢いをなくし浅草上空は雲一つない晴天になった。

今日の浅草ゲリラ雷雨は五分で終了。午後から浅草に出かけた人たちはきっとみんな楽しい時間をすごせたに違いない。

＊　＊　＊

——が、風神雷神の喧嘩は止まらなかった。

《参番街・浅草寺上空で風神雷神が喧嘩をはじめました。三海さん、西渕さん現地に飛ばします！》

「またかよ！」

「ほんっと、懲りねぇヤツらだな！」

三海と二人で他地区の見回りをしていても、突然小グモを介した百目鬼ちゃんからの緊急召集がかかり現地に飛ばされる。これで十日連続だ。

地面を歩いていたはずが、急に目の前が真っ白になり、次の瞬間居場所は上空に変わっている。

百目鬼ちゃんの転移は相変わらず安定しないが、数をこなすうちにだんだんと慣れてきた。

『真澄、随分と慣れてきたようだな。最初の驚きが嘘のようだ』

「これだけ毎日飛ばされてれば嫌でも慣れるって」

場所は浅草寺上空。やや下のほうで、小競りあいをしている双子を目視した。

「こらあ！　雷光、伊吹！　喧嘩やめろっていってるだろ！」

「まあた、真澄と三海がきやがった！」

「……性懲りもなく。彼奴らは暇なのか」

「お前ら止めるためにわざわざ来てやってんだろうがよ！」

雷神・雷光。風神・伊吹。二人は呆れたように俺たちを見上げた。いや、呆れたいのはこっちのほうなのだが。

二人は変なところでは気があうようで、邪魔に入った俺と三海を倒そうと武器を向けてくる。

「三海、雷光のほう任せた！」

「あいよ！　気をつけろよマスミ！」

相手が二人ならこちらも二人、一対一だ。いや……正確にいえば二対二人半、か。

「お前とやりあうのも久しぶりだな、三海ぃ！　打ち落としてやるぜ！」

「はっ、やれるもんならやってみな！」

隣で柄の悪い二人がやりあいはじめた。三海も味方とはいえ、一度交戦が始まると戦いを楽しみ周りの被害が酷くなる。

その前にどうにかしなければと俺は伊吹を見下ろした。

「招風——吹き上げろ、飛風《とびかぜ》」

伊吹は前口上なく風布を振るった。上昇気流で俺の体は上へと舞い上がっていく。

「本当お前は容赦ないよな！」

「黙れ人の子。虫けらのように地に落ちろ！」

百目鬼ちゃんといい伊吹といい、どうして俺は嫌われやすいんだ。

確かにこのまま地面に落ちたら怪我では済まないだろう。だが、俺も幽世にきてもうすぐ半月。少しの非日常にも慣れてきた。

「こがね行くぞ！」

『好きにつかえ』

「——開眼」

それを合図に俺は目を見開く。

きぃんという音が頭の中に響く。千里眼を開くと周囲の動きがゆっくりに見えた。

自分では目がどうなっているかわからないが、こがね曰《いわ》く「千里眼を開眼した真澄の瞳は美しい。輝く黄金の中に赤の螺旋が渦巻いている」らしい。

音も消え、全感覚が視力に集中する。

伊吹の動きがスローで見える。それと同時に少し先の彼の動きが重なって見えた。

千里眼は未来も見える。彼の攻撃、その太刀筋、どのように動けばかわせるか。その全てが包み隠さず明らかになる。

瞬きをすると、世界は再び動き出す。

「招風──切り刻め、風刃《ふうじん》・鎌鼬《かまいたち》！」

伊吹の風が鎌の形となって飛んでくる。周囲の木々が刃《やいば》に切られ倒れていく。あれに当たったらひとたまりもないだろう。

『この程度で私たちに勝てると思うなよ！』

俺は見えたとおりに身を翻し攻撃を避ける。そして、最適なコース取りで勢いそのままに伊吹の懐へ飛び込んでいく。

俺だってこの十日間、伊達《だて》にこいつらの相手をしていたわけじゃない。この体にも、こがねとの連係にも少しは慣れてきた。

「こがね、やっちまえ！」

俺は小太刀を鞘ごと宙に投げる。

『あい、任された！』

小太刀の前でこがねはくるりと一回転。すると狐の姿から一変、こがねは少女の姿に変わった。

俺と同化して一ヶ月と少し。少しだけ力を取り戻した彼女は、一時ではあるが元の姿に戻ることが可能になっていた。

こがねは俺が放った小太刀を抜き、伊吹に向かって振り下ろす。

「――っ！」

突然現れたこがねに虚をつかれた伊吹の動きが固まった。そしてこがねはそのまま彼の脳天目がけて小太刀を振り下ろした。

「ぐあっ！」

小太刀は見事クリーンヒット。伊吹はそのまま大の字で地面に落ちる。

『……安心しろ、峰打ちだ』

すとんと綺麗に地面に降りたこがねは、かっこつけながら小太刀を鞘に納めた。

「喧嘩両成敗だ！　三重円展開――固縛！」

三海は術を放ち、捕縛用の光る輪で雷光の動きを止める。

「あーっ、ちくしょう！　ちょこまか動きやがって！　覚えてろよ！」

身を拘束された雷光は為《な》す術《すべ》なく地に落ちていく。こうして風神雷神は行動不能になった。

「あとは、俺の着地……っ！　ごめん、三海！　頼む！」

『相変わらず着地だけは下手なようだな』

「ったく、世話が焼ける後輩だぜ。舞い上がれ、風舟《かざふね》」

下から三海とこがねが暢気に俺を見上げてくる。

三海は扇で風を起こし、俺が落ちるスピードを緩めてくれた。

「……っ、と」

二人から遅れること十数秒、ようやく地に足をつけた俺は胸を撫で下ろしながら地面に転がる伊吹と雷光を見下ろす。

「俺たちの完全勝利、ってか？」

「……んにゃろう。覚えてろよ！」

伸びている伊吹は無言。未《いま》だ拘束されたまま動けない雷光は悔しそうに足をばたつかせた。こうして今日も特務課組の完全勝利で風雷神の喧嘩は収まった。


「オマエら、やりあうのはいいけどよ、今日で十日連続はあんまりだぞ。これ以上幽世と現世に悪影響を及ぼすなら、幾ら風雷神とはいえオマエらの身柄を拘束しないといけないって、幽世公安局と偃月院から通達がきてる」

三海は懐から通知書を取り出して雷光に見せた。それは幽世——あやかしたちを管理している組織・偃月院からの書類だった。

胡座《あぐら》をかいてその書類に目を通す雷光。偃月院の名を見た瞬間、顔色が変わった。

「偃月院の命令はわかった。だが、なんで人間たちのいうことも聞かなきゃならねぇんだ」

「雷光たちの兄弟喧嘩で真上の浅草では原因不明のゲリラ雷雨が十日連続おこってる。これ以上は幽世と現世の秩序が崩れる危機的状況だ――って戸塚さんがいってた」

「……戸塚の旦那がいうなら仕方ねぇ」

反発していた雷光だが、戸塚さんの名が出た瞬間再びしおらしくなった。

「戸塚さんってこっちだと結構有名なの？」

『人の子ながらあやかしたちに恐れられる希有《けう》な存在だ。其方も戸塚と九十九《つくも》だけは敵に回さないように気をつけろ』

こがねはいたずらっぽく笑いながら俺の腕を軽く小突いた。そんなに怖い人なのか。

「しかし、オマエらなんで急に毎日喧嘩するようになったんだ？　前から仲は良くなかったが、ここまでじゃないだろう」

「俺だって喧嘩したくてしてるわけじゃねぇよ。でも伊吹が――」

「――くそ。人間ごときに私の攻撃が避けられるなんて」

雷光の言葉を遮るように伊吹の声が聞こえた。

視線を移すと、倒れたままの伊吹が腕を額にのせ忌々しそうに顔を歪めている。

『強く叩きすぎたかもしれないな。すまない、伊吹……立てるか？』

差し出されたこがねの手を伊吹は弾く。額を赤く腫らしながら、彼はのろのろと起き上がった。

「人の子と馴《な》れあうあやかしたちと関わるつもりはない」

伊吹は俺たちを鋭く睨みつけると、風布を振るい目が開けられないほどの強風を起こす。風が止み、目を開けると彼の姿は消えていた。

「伊吹！」

「ほっとけほっとけ。あいつは誰とも馴れあわねぇよ」

やれやれ、といつの間にか三海から拘束を解いてもらった雷光が立ち上がる。そこには伊吹と対峙していたときのような荒々しさはない。

「いつも面倒かけて悪いな。詫《わ》びになんか奢《おご》るよ」

にっ、と人懐っこそうな笑みを浮かべた雷光は仲見世通りを指さして俺たちを手招きし、歩き始めた。

＊　＊　＊

「雷光。アンタももう立派な雷神様なんだから、いい加減しっかりしな！」

「はは……いつも迷惑かけてワリィな、おばちゃん」

「よっ、雷神様。今日もド派手な兄弟喧嘩だったたな。これ持ってけ！」

「おっちゃん、ありがとよ」

仲見世通りに一歩出れば雷光は沢山の人に声をかけられていた。通りを歩くだけで両手一杯のお土産。奢ってくれるといったが、彼は一度も財布を出してない。

「凄い人気なんだな」

「これも親父《おやじ》たちが築いてくれた人脈のお陰だよ。親の力で俺の力じゃない」

いい加減に見えるが雷光なりに思うところがあるんだろう。

雷光は通りの店に迷惑をかけたと謝罪をしながら、雷門を離れ隅田川沿いまで歩いてきた。

「——さて、お前らにも色々迷惑かけちまったな。毎日呼び出させちまってすまねぇ」

現世ではもうお目にかかることのできない木橋の手すりにもたれかかりながら、雷光が貰ったたい焼きをかじった。

「なんだオマエ。被害だしてる自覚あったのか」

「はっ、俺様は馬鹿じゃないんでね」

けらけらと笑いながら雷光はたい焼きをかじる。

「俺と伊吹が親父たちの後を継いでまだたったの五十年だ。風神雷神という大層な名前がついちまったが、俺たちはまだまだ半人前。二人揃《そろ》ったって親父たちには届かないよ」

「五十年って……」

『人とあやかしの流れる時間は違う。真澄たちにとっては膨大な時間だろうが、私たちにしてみれば瞬くほどの時間だよ』

いつの間にか狐の姿に戻ったこがねは俺に笑いかける。

時折こうして人とあやかしの違いを思い知らされる。彼らの人生は長い。だから彼らは時間に追われることなく、のんびりとした生活を送っているのだろう。

現世の人間は皆時間に追われている。俺だってそうだった。幽世にきてから時計をあまり確認しなくなったのは、彼らがあまり時間を気にして動いていないからなのかもしれない。

「だから伊吹……弟も焦ってんだろうな。あいつはクソがつく真面目だから。一日でも早く強くなりたいんだろう。俺はそんなに焦んなくていいと思うんだけどな」

「もしかして喧嘩の理由ってそれ？」

俺の問いかけに雷光はああ、と頷いた。

「俺は先代雷神の実子だけど、あいつは親父が拾った子なんだ。俺たち双子っていうけど全然似てないだろ？」

笑いながら雷光は自身を指さす。確かに髪色、顔かたち、二人の容姿は違っていた。

「親父も俺も、そして先代の風神も血の繋がりなんか関係ないって思ってるんだけどよ。やっぱあいつは気にしてるみたいだ。だから少しでも強くなりたいと思ってるんだろうよ」

「……雷光、お前見かけによらず真面目なんだな」

「マスミもそう思うだろ？　もっと肩の力抜けっていってやれよ。こんなチャラそうにみせて、こいつもくそ真面目なんだわ」

「三海が見た目どおりすぎるんだよ。いい加減しっかりしろっての」

ちゃらけて雷光の肩を抱く三海。似たもの同士に見えていたけれど、雷光のほうが段違いに大人だ。人は見かけで判断しちゃいけない。三海は見た目まんまだけど。

「お兄ちゃんは大変だな」

「お、よくわかってんじゃねぇか。真澄も下に弟妹がいるのか？」

「四つ離れた弟が一人な。でも、弟のほうが俺なんかよりずっと頭がよくて立派なんだよ」

「ははっ、俺もだよ。伊吹のほうがしっかりしてるんだ」

兄トークで盛り上がると、三海は「一人っ子にはわからねー」とそっぽを向いた。

雷神だというからもっと怖い人物をイメージしていたがそんなことはない。雷光は頭に血が上りやすいところはあるが、根は真面目でとてもいいヤツだった。

「ただ、気難しいというか少し抱え込み過ぎちまうのがたまにキズでな。さっきもふてくされてたけど、真澄たちにたまたま負けたからって弱いわけじゃない。伊吹は十分強いんだから気負う必要ないのにな」

『本人に直接いってやればいいじゃないか』

「俺がそんなこといったって聞く耳なんかもたねぇよ。変なモン食べたかって気味悪そうな顔されて終わりだ」

あーわかる。きっと真咲もそんな反応するだろう。

伊吹に感じていた既視感の正体は真咲だったのか。

伊吹と真咲はどことなく雰囲気が似ている。あいつも元気にしているだろうかと、空を見あげた。

《――参番街、風雷神門前に妖魔一体出現！》
穏やかな雰囲気をかき消すように突然目の前に現れた、宙に糸を垂らす小グモ。百目鬼ちゃんからの緊急召集だ。
「雷門前って――」
「今、伊吹が一人だ！」

俺たちは慌てて雷門の方角を見る。門番の一人は今ここにいる。

『警備が手薄な隙を狙われたか』

《飛ばしますか!?》

「いや、いい。こっちで移動したほうが早い！」

《わかりました！　ご武運を！》

三海の返答で蜘蛛が消えた。すると、三海が俺を担ぎ上げ飛び立った。

「マスミ、飛ばすから舌嚙むなよ！」

「ああ！　でも、雷光はどうするんだ！」

「アイツはもう向かってる！」

俺たちの横をびゅうっと鋭い風が通り過ぎていった。よく見るとそれは雷光だ。足に金色の雲を纏《まと》い、まるで空を走るスケートボードのように雷門へ向かっていく。かなり急いでいるのか、三海が全速力を出しても追いつけない。

それほどまでに雷光は焦っていたのだろう。


「──伊吹！」

仲見世通りを突っ切って雷門前には数分とかからず戻ってこられた。

そこには赤提灯を背に立っている伊吹と対峙しているあやかしがいた。

「……ようやっときたな雷神。待ちくたびれたぞ」

そこにいた男は俺が今まで見た荒々しい妖魔とは異なる雰囲気を放っていた。

頭の上で一纏めにした黒の長髪。袴姿《はかますがた》の佇まいはまるで時代劇の武士のよう。白目部分は黒く、瞳は深紅。とがった耳が特徴的な美丈夫。その手には背の丈を優に超える大太刀が握られていた。

「おい、伊吹。大丈夫——」

妖魔には目もくれず、伊吹に駆け寄る雷光。その瞬間、立っていた伊吹の体がぐらりと傾いた。

「伊吹！」

「——くそ」

雷光が伊吹を受け止める。彼の体には刀傷が幾つも刻まれ、血に濡れていた。

『彼奴、落月教《らくげつきょう》幹部の夜叉丸《やしゃまる》だ』

こがねの声が震えていた。

「落月教？」

「俺たちの敵対勢力……妖魔が徒党を組んだ組織の名称だ。特に幹部の妖魔は平気で人を殺す、残虐非道のヤバイやつばっかだ。偃月院が指名手配してるんだよ」

「ほぉ、偃月院の犬たちもいるようだな。その小僧が例の半人半妖の狐憑き、か」

「――っ！」

夜叉丸と呼ばれた男がこちらを見た。その瞬間金縛りにあったように身が竦んだ。

背筋が凍り付く。アイツには絶対に関わってはいけない。

怯える俺を鼻で笑い、その男は再び雷光を見据えた。

「しかし、雷門を守る風神も弱くなったものだ。門番がその体たらくでは……現世への侵入も容易《たやす》くなりそうだな」

男はつまらなそうに欠伸をする。一人欠けていたとはいえ伊吹だって弱くはない。それをこの男はいとも簡単に倒したのだ。

「てめぇ！　よくも弟を！」

「待て雷光！　オマエ一人じゃ無理だ！」

三海の制止も聞かず、雷光は吠えた。

頭上に暗雲が垂れこめ、雷光に雷が落ちる。雷を受けた彼の髪は逆立ち、黄金に光り輝く。

背負った鼓がごおんと鳴り響くと、もう一度雷が落ちた。そこから現れたのは切っ先が雷模様に曲がった矛。雷を纏ったその切っ先を敵に向ける。

「風雷神門門番、二代目雷神の名にかけて――貴様を倒す！」

「貴様なら、遊びがいがありそうだ！」

怒る雷神、大太刀を構える妖魔。

睨み合った二人が動いたのはほぼ同時だった。

「招雷――穿《うが》て、雷切・雷震一閃《らいしんいっせん》」

雷光が矛を振るうと切っ先から敵に向かって一直線に雷が放たれる。

「――弱いな」

敵はその攻撃を易々と刀で弾いた。雷光の雷は相手の刀をほんの少し焦がした程度だ。その切っ先を見て、男はつまらなそうに息をつく。

「雷神の直系ならば多少は腕が立つと思ったが……期待外れだ」

「――っ、くそが！　まだまだぁ！」

歯を食いしばりながら雷光は矛を振るう。対する夜叉丸は汗一つかいていない。

武器がぶつかり合う音が響いている。相手の刀は重量もあり、明らかに雷光が攻撃を受けるのに精一杯になっている。

「助けに入らないと、雷光もやられてしまうぞ！」

俺たちは門の内側で意識を失っている伊吹の手当てをしていた。

戦いを見ながら、こがねと三海は顔を見あわせる。

『三海、どうする』

「コガネも本調子じゃねぇ。オレらが今闇雲に助太刀したって被害が大きくなるだけだ。きっと戸塚の旦那が応援を呼んだはずだ。それまで時間を稼ぐしかねぇな……」

「──がっ！」

その時、こちら側に雷光が飛んできた。目の前で大の字になって倒れている。

「……っ、くそ」

起き上がろうとする雷光の口の端からは血が垂れていた。明らかに満身創痍《まんしんそうい》だ。

「……風神雷神がやられた」

この雷門は現世と幽世を繋いでいる。そして妖魔がここに来たということは、こいつの目的は現世へ向かうこと。

門の向こうで夜叉丸という妖魔は静かにこちらを見据えている。伊吹と雷光が倒れた今、ここを守れるのは俺たちしかいない──。

「くそっ、もうやるしかねぇ！　オレが時間を稼ぐ。マスミは二人の傍にいろ！」

三海が錫杖を構え門の前に出る。倒れた門番。こない応援。もしここで三海が倒れたら……俺はあんなのとやりあえるのか。

怖い。恐怖で手が震える。

『……真澄』

「……くそっ、しっかりしろよ！」

手を握りしめ、自分を怒鳴りつける。

「ふん、無様だな。半妖になれど、所詮はか弱いヒトの子か」

恐怖に慄《おのの》いている俺を可笑《おか》しそうに鼻で笑った夜叉丸は刀を鞘に納めた。

「どういうつもりだ。オレじゃ相手にならねぇってか？」

三海の安い挑発を彼は鼻で笑い飛ばす。

「術式頼りの烏天狗《からすてんぐ》と戦ったところでつまらない。私は刀を交わらせたいのだから」

「いってくれるじゃねぇか。だったら今すぐ刀に持ち替えてやろうか？　え？」

「ふん、それはそれで面白そうだがそれはまたの機会にしておこう。私の役目はここまでだからな」

夜叉丸から殺気が消えた。

「では私は帰る。それまでに腕を磨いておくがいいぞ、雷神、烏天狗。そして……半妖の狐憑き」

不敵に笑うと、足下の影に呑まれるように姿を消した。

「助かった……のか？」

脅威が去り、錫杖を構えていた三海がよろよろとその場に座り込む。

「ほんっと妖魔はなに考えてるかわからねぇ！　だが、今日はその気まぐれで助かった！」

三海も怖かったのだろう。はーっと腹の底から深い息をついている。

『しかし、彼奴の目的とはなんなんだ――』

「くそ！　負けた！」

困惑している中、悔しそうな声が聞こえた。振り向くと、大の字に倒れた雷光がバタバタと手足を動かしている。

「なんなんだアイツ、化け物か！　あんな妖魔はじめて見たぞ」

『思ったより元気そうでなによりだ。落月教幹部が姿を現すことも稀なんだ。其方はよく戦ったよ』

暴れている雷光をこがねが慰める。

「……なぜ貴様たちはそんなに暢気でいられるんだ」

その一方、伊吹の声は絶望に沈んでいた。

「伊吹……無理して動かないほうが」

起き上がろうとする伊吹の肩を押さえようとした手を再び払われた。そして鋭い眼光で射貫かれる。

「もう少しでこの門が落ちるところだったのだぞ。貴様はなぜそんなに暢気に悔しがれる。頭が沸いているとしか思えない」

雷光は矛を杖《つえ》に起き上がり、悔しがっている伊吹を見た。

「確かに今回は俺たちの完敗だ。だが、結果としてはなにも起きなかったんだからそれでいいだろ。今日のことを反省して、次同じヤツに負けないように二人で鍛錬を続けていけば――」

「なにを悠長なことをいっている！　だから我々は舐《な》められるんだ！」

伊吹は叫んだ。雷光のいうとおり彼はなにかに焦り、そして怒っている。

「人の子に攻撃を避けられ、妖魔には倒された。私は弱い！　己の無力が憎い！」

強く握りしめた拳から、血が滲《にじ》んでいる。そんな伊吹の顔は悲痛に歪んでいた。

「伊吹、お前なにをそんなに焦ってるんだ！」

「貴様に分かるものか！　雷神の血が流れている、力ある貴様には私の気持ちなど分かるわけがない！　私がどれだけ努力しても、貴様たちには届かないというのに！」

悲痛の叫びに雷光はなにも答えられなかった。

己の無力さ、そして血の繋がらない存在。努力しても埋まらない差、伊吹はそれを嘆いていた。

「――力が。力が欲しい」

伊吹が両手で顔を覆う。壊れたように繰り返し呟かれる言葉。

その瞬間、周囲の空気が一変した。伊吹の足下に風が起こり、つむじ風のように彼の体を包んでいく。

『――よせ、伊吹！　それ以上感情を荒らげるな！』

異変を察したこがねが慌てた様子で伊吹に叫ぶ。

「まずいな。伊吹が堕ちるぞ……」

「は――っ！」

状況を理解できずにいると、目に激痛が走った。

瞬きをすると視界が変わる。これは俺の視界じゃない。

『あんた弱いね。そんなんじゃぉ兄ちゃんの足を引っ張るだけの役立たずじゃないか』

目の前には和装の狐が無邪気に笑っていた。

『弱いなら力を望めばいい。なぁに簡単だよ。力が欲しいと心の奥底から願えばいい。そうすれば気持ちがすうっと晴れやかになって、新しい自分に目覚めることができる。とても清々しいよ。一緒に生まれ変わろうよ』

その声と重なるように、伊吹が唸《うな》りはじめた。額に赤い四《よ》つ巴紋《どもえもん》が浮かび上がる。

「――力がホしイ。私ハ、力……が、ほシい！」

声高らかに伊吹がそう叫んだ瞬間、彼を包んでいたつむじ風が天に巻き上がった。

俺たちはその衝撃で吹き飛ばされる。

「なにが、おきた」

咳《せ》き込みながら起き上がる。気付けば俺たちは雷門から仲見世通りのほうへ十メートルほど飛ばされていた。風の威力は凄まじく、周囲の店が壊れている。

『……くそ、止められなかったか』

空を暗雲がおおう。ごおごおと嫌な風が周囲の木々を揺らした。

「伊吹……どうしたんだよ」

悔しげなこがねと、絶望に満ちた雷光の声。

「——伊吹が、妖魔に堕ちた」

悲しそうな表情の三海。

俺たちの視線の先には伊吹が立っていた。

「力がみなぎる……これが、私の求めていたものか」

神々しい光を放っていた風布は黒く染まり、額の角や爪が鋭く伸び、禍々《まがまが》しい妖気を放つ一人の妖魔がそこにいた。

伊吹は恍惚の表情を浮かべながら己の手を見つめ、そして獲物を見定めるように俺たちのほうにゆっくりと視線を向けた。

「丁度良い、お前たちで試してみることにしよう」

伊吹が掌をこちらに差し出し、木の葉でも吹くようにふっと息を吐いた。

その瞬間、立っていられないほどの強風が俺たちに向かって吹き付けてきた。

「招風――切り刻め、風刃・鎌鼬！」

「うわっ！」

さらに伊吹が風布を振るう。突風に乗って漆黒の鎌の刃が飛んでくる。

なんとか避けようと足を動かした瞬間、体が風に攫《さら》われてそのまま吹き飛ばされた。

まるで木の葉のように為す術なく、気付けば浅草寺の境内まで飛ばされていた。

「……っ、くそ！　どうなってるんだよ」

頬に滲む血を拭い、なんとか立ち上がる。

『真澄、大丈夫か！』

「ああ……なんとかかな。このスーツ、本当に頑丈なんだな」

露出している手や顔は切り傷だらけだが、布に守られている腕や足は無事だった。

それでも切れていないというだけで刃が当たった衝撃はあるから、打撲ぐらいはしているだろう。

「ははっ！　最高だ！　これが目覚めか、なんて心地が良い……！」

伊吹は一人楽しげに、けらけらと笑っている。

その一方で他の三人は未だ絶望に沈んでいた。

「こがね、三海！　どうにかして伊吹を止めないと！」

『……それは、難しい』

「一度堕ちた妖魔は元には戻らねぇんだよ」

「……まじかよ」

座り込んだまま三海は頭を抱えた。彼らが絶望していた理由がこれか。

「でも、だからって……妖魔になる方法があるのなら、その逆だってあるだろう」

「……アイツが暴走してこの街の連中に手を出す前に、殺してやるのが最善だ」

ずっと黙っていた雷光が覚悟を決めたように立ち上がった。

矛の切っ先から放電し、雷光の目は殺気に満ちていた。ついさっきまで可愛がっていた弟を兄は本気で殺そうとしていた。

「兄貴として、弟はなにがあっても止めてやる」

「待てよ！　弟を手にかけるなんて、んなこと絶対に駄目だ！」

俺は雷光の腕を摑んで止めた。

「妖魔に堕ちたらもう戻れねぇ！　このまま誰かに危害を加える前に、俺がこの手で伊吹を――」

「馬鹿野郎！　弟殺す兄貴がいるかよ！　たった一人の弟なら、守ってやれよ！」

それは駄目だ。絶対に駄目だ。家族を手にかけるなんてなにがあってもいけない。

彼らが諦めているなら、せめて俺だけは立ち向かわないと。

俺はまだ幽世にきたばかりだ。まだなんの役にも立てていない。でも、きっと俺がこの世界にきた理由がなにかあるはずだ。

「妖魔に堕ちる方法があるなら、妖魔を元に戻す方法だってあるはずだ！」

『真澄……其方、伊吹を救うつもりか』

「当たり前だ！　お前らが諦めたって俺は諦めないからな！」

俺は無鉄砲に伊吹に向かって走っていく。小太刀を抜いて切りつけるが、いともたやすくかわされ腕を掴まれた。

「……ぐっ」

「人の子。今までやられた分、返してやろう」

伊吹が腕を振るう。顔面に一発決められ、そしてそのまま首根っこをつかまれ社務所のほうに飛ばされる。

「──ぐ、はっ」

衝撃で息が詰まった。

土煙があがり木片がぱらぱらと落ちてくる。顔を拭えば、鼻血が垂れていた。

『真澄！』

こがねが駆け寄ってきた。

「……こがね、俺に力を貸してくれ」

『其方、まだ諦めぬつもりか』

「潰されても打たれ強いのが人間の強みなんでね」

木片に手をついて立ち上がる。そして笑いながら伊吹を見据えた。

「よぉ、伊吹。お前いつもより本気じゃないだろ。それに、話せてるってことはまだ自我があるってことだろ？」

「人の子風情が……なにを」

「雷門守る門番さんが、ここを壊しちゃいけねぇよ。お前を見捨てようとしてるお兄ちゃんに代わって、俺が直々にお仕置きしてやる」

煽《あお》る煽る。真咲もそうだが、普段人を煽るタイプは煽りに弱い。俺の持論だ。

俺は首を捻《ひね》り、拳を鳴らした。刀は伊吹の足下だ。まぁ、元々使い慣れない武器だったし、正直拳のほうがやりやすい。ネクタイをほどき、右の拳に巻き付ける。

『真澄、どうするつもりだ！』

こがねが耳元で怒っている。

「暴走した奴は、一発殴れば目が覚めるだろう」

漫画でもアニメでもそうだ。暴走した味方キャラは殴ると止まる。そういう理《ことわり》になっているはずだ。

準備運動をしている俺にこがねは呆れたように苦言を呈す。

『其方は馬鹿か!? 相手は風神、おまけに妖魔だぞ!?』

「うるさいな。今まで毎日戦ってきただろ。勝率は二勝八負け……まぁ、分が悪いけど今日は勝てたからいけるだろ」

こがねがあんぐりと口を開けている。呆れて声も出せないみたいだ。

「……んとに馬鹿なヤツだな。呆れを通り越して笑えてくるわ」

頭をかきながら三海が立ち上がる。そして俺の前に立って錫杖を構えた。

「今回だけオマエの案にのってやる。援護は任せろ、マスミ」

「頼りになるぜ。任せた、三海」

互いに拳を重ね合わせる。

未だに震える手で矛を握りながら迷っている雷光に声をかけた。

「迷うくらいなら弟殺そうとするなよ。普段幾ら馬鹿にされたって、喧嘩してたって……弟がピンチになった時は全力で守って助けてやるのが兄貴の務めだろ」

「真澄……」

雷光が目を瞬かせた。

「いくぞ、こがね。俺たちならきっといい抜け道が見えるはずだ」

『――もうなるようになれ! 其方の力、思う存分発揮しろ!』

やけくそになりながらこがねは俺の中に姿を消した。

「――開眼」

彼女が俺の中に入ると千里眼の精度が上がる。体の中に力が巡っていくのが分かる。もしかしたらこれが妖気というものなのかもしれない。

「――伊吹、いくぞぉ！」

俺は目をかっぴらき、真正面から伊吹目がけて突っ込んだ。

周囲がスローモーションに見える。どの道を走ればいいかは目が教えてくれた。

「――切り刻め、風刃・鎌鼬！」

伊吹が風布を振るうとかまいたちが飛んでくる。

その攻撃も見えはするが、俺の身体能力がついていかず完全に避けきることはできない。

身をよじり、足を動かす。それでも避けきれないのは腕を構えて喰らうが、肉が切れることはない。

「ははっ！　ヒバナさんのスーツはさすがだな！」

なんだかとても気分がいい。もしかしたらアドレナリンというものが滅茶苦茶分泌されているのかもしれない。

「――吹き飛べ、山颪」

距離を縮めていくと、今度は強風が吹いた。猛烈な向かい風に足が浮きそうになる。

「マスミ、そのまま踏ん張れよ！」

すると三海がやつでの扇を取り出し、振るった。

三海の風と伊吹の風がぶつかり合い、風が相殺される。

「五重円陣展開――守護壁！」

更に俺の目の前に三海の円陣が盾のように現れた。

「守りは固めた。だが、相手は風神だ！　オレの風がどこまで通用するかわからねぇ！　急げ！」

「こがね、まだいけるか！」

『ああ、このまま突っ切れ！』

止まった足を動かした。伊吹まではあと十メートルだ。

たった僅かな距離がとても長い。でも、耐えてくれている三海の頑張りを無駄にするわけにはいかない。

「ふざけるな！　風刃・鎌鼬！」

伊吹がまた風の刃を放ってくる。それは地を抉《えぐ》り、寺を破壊していく。

「――っ、くそ！」

あと数歩、後たった数歩が届かない。伊吹の間合いに入らなければ拳が届かない。

三海の守りの盾も伊吹の攻撃が当たる度に崩れていく。あともって三撃だ。

俺たちが倒れれば、伊吹は周囲の建物を壊し暴れ回るに違いない。そうしたら絶対に伊吹はもう元には戻れない気がする。止めるのはこれが最初で最後のチャンスだ。

「これ以上俺たちの居場所をぶっ壊すな！」

その時、太鼓の大きな音が鳴り響いた。雷光だ。

「兄貴として、雷神として……お前を止める、伊吹！」

雷光は矛を天高く突き上げた。そしてなにかを呼び起こすように切っ先を回す。

「二代目雷神の名の下に、鳴神を召喚する。穿つは敵、響け雷鳴。天の神々も照覧あれ——轟け、鳴神閃光・霹靂神《はたかがみ》！」

頭上を覆う黒い雷雲。そして雷光の声に呼応するように、伊吹に向かって鋭い雷が落ちた。目を開けていられないほどの眩《まばゆ》さと、鼓膜が破裂しそうなほどの爆音が響く。

「——がっ」

その落雷を喰らい、伊吹の動きが止まった。風が止み、刃も消えた。

「今だマスミ、やっちまえ！」

三海の声を背に受け、俺は伊吹に向かって真っ直ぐ走っていく。

「伊吹ぃ！　さっきのお返しだ！　歯ぁ食いしばれえええええっ！」

俺は伊吹の右頬に思い切り拳を振り下ろした。

世界がスローに見える。そして俺の手が伊吹に当たる寸前、彼と目があった。

「――っ」

伊吹は泣いていた。その瞬間、目の中に映像が飛び込んでくる。

これは伊吹の断片的な記憶。

冷たい雨。薄汚い路地裏でむしろをかぶり寒さをしのいでいると、目の前に金髪の少年が現れた。彼には少年が太陽のように見えた。

『今日からお前は俺の弟だ！』

――兄さん。

伊吹を見つけたのは雷光だった。そして雷光も、彼らの父も伊吹を実の子のように愛情をもって育ててくれた。不満はなかった。幸せな、日々だった。

『あの兄弟は先代のように務められるのか』

跡継ぎの重圧。先代の力は桁違い。まだ年端のいかない自分たちには手も届かない雲の上の存在。

『気にすんな。俺たちは兄弟なんだから、二人でいれば最強だ』

どんな陰口にも兄は屈しなかった。それどころか兄は精一杯努力して、浅草界隈《かいわい》の者たちに認められていった。

『雷光は雷神の子だ。だが伊吹は――』

『拾い子に風神が務まるとは思えない』

それでも一部の者たちからの陰口は止まらなかった。その度に、兄は激怒し暴れ回った。その店を壊し、天候を乱した。彼が怒るのはいつも私のためだった。

私のせいだ。私がいなければよかった。

力が欲しい。皆に認められるだけの力が。側《そば》で、兄を支えられるような力が。堂々と胸を張って兄の弟と名乗って二人並んで立てるだけの力が欲しい。


「馬鹿野郎」

ごつん、と鈍い音がした。

はっと瞬きすると視界は現実に戻る。

拳にはなにかを殴った衝撃と痛み。そして伊吹は俺の足下に跪《ひざまず》いていた。そんな弟のもとに歩み寄った雷光は、伊吹の頭に軽くゲンコツを落としたのだ。

「焦るなよ、馬鹿弟。周りがなんていおうとお前は俺のたった一人の大切な弟だ。そしてお前はこの街の、たった一人の立派な風神だ」

電光が頭を撫でると伊吹の瞳が正気に戻っていく。

「確かに親父たちみたいに強くはねぇよ。でも、俺たち二人一緒なら親父を超えられる。俺もお前がいないと駄目なんだ。だから……戻ってこい、伊吹」

「――にい、さん」

伊吹の目から涙が零れた。

爪が縮み、目の色が元に戻り、風布も神々しい輝きを取り戻す。禍々しい妖気が消えていく。

「妖魔が元に戻った……」

三海が信じられないというように目を瞬かせる。

「な、だからいったろ。殴れば目が覚めるって。家族の愛の力は偉大なんだよ」

『違う真澄、これは其方の――』

こがねがなにかいいかけたとき、俺は体から力が抜けてその場に倒れ込む。

『真澄！』

「……あー、もうだめだ。疲れた、眠い。寝ていいか？」

こがねの力を使いすぎて目が痛い。体の節々が悲鳴を上げている。今すぐにでも睡眠を求めて瞼が落ちていく。

『――わかった。今はゆっくり休め。よく、頑張ったな』

大の字に寝転ぶ俺を見て、こがねは呆れたように笑った。

元の姿に戻った彼女が俺を見下ろす。優しく頭を撫でる手、優しい表情に一瞬目を奪われた。なんだか寝かしつけられているみたいだ。

空を覆っていた暗雲が晴れ、そのすき間から太陽の光が差し込んだ。

嵐は晴れた。そうして浅草上空にはしばらく綺麗な虹が架かっていたらしい。俺は寝こけていて見られなかったけれど、とても美しい光景だったんだろう。

＊　＊　＊

「――どうしたのそれ」

――数日後。現世・台東区浅草雷門前。

待ち合わせに現れた真咲の開口一番がこれだ。

「あー……ちょっと転んだ？」

「なにそれ」

明らかに信用していない顔。無理もない。俺は右腕を吊《つ》っているし、頬にはでかでかと湿布が張られている。けっこうな怪我人だ。

先日の妖魔化した伊吹の戦闘で俺はそこそこの大怪我を負った。右腕の骨折と顔面打撲。肋骨《ろっこつ》も何本かいっているらしい。半妖換算で全治一週間だそうだ。

この怪我で任務に支障が出るとのことで、戸塚さんは無理矢理俺の非番をもぎ取ってくれた。

その上、上層部に内緒で現世に戻る許可を出すという危ない橋を渡ってくれたのだ。

『一度弟さんと会って安心させてこい』

戸塚さんも真咲が俺たちを怪しんでいるのは見抜いていたようだ。だが、この恰好《かっこう》では安心どころか更に不安を増幅させそうな気がしてならないけれど。

「まあいいけど。こんなところに呼び出してなんの用？」

「最近ようやく外出歩けるようになったし、真咲もオンライン授業ばっかりで東京観光とかしてないだろう。浅草で遊ぼうと思ってさ」

「ふぅん……兄さんのおごりなら付き合うよ」

「まだ給料出てないからお手柔らかに頼む」

そういって二人で歩き出した。

けれど互いに会話はない。元々真咲は無口だから、会話が続かない。

「あ、そうだ。待ちあわせまで時間あったから中で人形焼き買ってたんだよ。焼きたて、食べるか？」

「ありがと」

袋を渡す。中には鳩《はと》やら提灯を模した可愛い人形焼きが入っている。

「……ん、うまい」

「そうか。それはよかった」

黙々と人形焼きを食べる真咲。楽しそうで良かった。

「……あ、雷神」

ふと手に取ったのは雷神の人形焼き。ふと、雷光の顔を思い出した。

真咲に『本物の雷神と会ったんだ』といえば彼はどんな反応をするだろうか。

「なににやけてんの。気持ち悪い」

「いや。元気そうで良かったなって」

怪訝な表情を浮かべる真咲に微笑んだ。そして人形焼きを食べようと口に運んで気がついた。

「あれ」

人形焼きがない。自分で食べた記憶はない。まさかと思い、ちらりと横を見た。

『ううむ。現世の人形焼きも中々美味しいな』

なんとこがねが俺の人形焼きを食べていた。

「ちょっ！　俺の人形焼き！」

『ふふ、其方が食べ物から目を離すのが悪い！』

「というか、こっちだと姿出せないんじゃなかったのかよ！」

『力が戻ってきたからな〜おまけにここは磁場が強いから実体化も可能なのだ』

ふよふよと得意げに漂うこがねに思わずいいかえした。

「勝手に喰うなよ！」

『休日を其方の好きにさせているんだ。駄賃くらいもらわないとな』

「お前なぁ……」

ふと視線が突き刺さってはっとした。ぎこちない動きで振り向くと、真咲がじっとこちらを見ていた。

「兄さんそれ……」

「あ、いや、その……」

『──しまった』

しまった。幽世のつもりで普通にこがねと話してしまった。こがねも思い切り姿だしてるし。

真咲は見えるんだ。きっとばっちりこがねの姿が見えているに違いない。

というか、真咲とこがねは完全に目があっている。

「その。深い事情があるんだけど、悪い奴じゃないんだ」

「いいよ。いえない事情があるんだろ。そこに変な狐がいるなんて突っ込まないって」

冷や汗を流しているこがねから真咲はふいと目をそらしてくれた。

「そこにいる人も悪い気配はしない。それに、昔から兄さんには悪いモノは寄ってこないから」

「……そうなのか？」

気付かなかったのかよ、と真咲が溜息をつく。

「兄さんが無自覚すぎるんだよ。俺がそういうの見えるっていっても引いたりしないし……でも、兄さんも見えてないだけで強い力があると思うよ。それがなにかはわからないけどね」

「へぇ……」

他人事《ひとごと》のように自分の手を見つめていると、真咲は「鈍感すぎ」と舌打ちしてきた。

「まぁ……でも。今の兄さんが生き生きしててよかった」

安心したような顔をしている。

「心配してくれてたのか？」

「当たり前だろ。その……家族なんだから」

照れくさそうに真咲はそっぽを向いた。弟の思いやりに兄は思わずじんとする。

「真咲、ありがとうな……お前やっぱり最高の弟だよ」

「やめろよそういうの本当に気持ち悪い。だからブラコンってよばれんだよ！」

俺が真咲の頭を撫でると、彼は嫌そうな顔をする。でも本気で振り払ってはこないのが真咲の可愛いところだ。

「なあ、真咲。付き合ってもらってもいいか？」

差し出したのは一枚のメモ。

「なにこれ」

そこにはずらりと食べ物メモが書いてあった。

「仕事仲間からお土産買ってこいって頼まれてるんだよ」

三海は雷おこし。戸塚さんからはどら焼き。百目鬼ちゃんは芋ようかんで、ヒバナさんは大学芋。皆甘い物が大好きなようだ。

「みんなバラバラだな。ま、いいよ付き合うよ。でも、お礼は？」

「特上天丼でどうだ？」

「のった」

こうして俺たちは仲見世通りに入るため、雷門を通る。

門をくぐる瞬間、一瞬足下に広がる幽世が見えた。

「――我ら雷門の風雷神兄弟！　幽世、そして現世の安寧を守る門番である！」

雷門の前に立つ二人。雷光の高らかな口上が聞こえた。

「ありがとな、真澄。弟と二人、思う存分楽しんでこい」

「……お前たちの安全は、私たちが守ろう」

二人と目があって手を振られた。快活に笑う雷光とぶっきらぼうな伊吹。

『――我らの息子を救ってくれてありがとう、人の子』

『其方たちの行く先に、幸多からんことを』

そしてもう一つ聞こえた声。

ああ、この声の主はきっと先代の――。

東京は今日は晴天。風神雷神に守られた浅草の上には、一日中雲一つない青空が広がっていた。

第参話　恋に焦がれる蛇女

「三海《みうみ》、三時の方向から攻撃くるぞ！」

幽世《かくりよ》弐番街《にばんがい》外れに妖魔が出現したという報告を受け、三海と一緒に現場へ飛ばされたのが約五分前のこと。

そこにいたのは通常サイズの五倍はある、大きな三ツ目の鴉《からす》だった。

「……っ！　すばしっこくて狙いが定まらねぇ！」

背後から鋭いかぎ爪の脚を蹴り上げてくる妖魔。俺の言葉に瞬時に反応した三海が身を翻し錫杖を振るうも、躱《かわ》されてしまう。

羽を羽ばたかせ滞空している三海の頭上を妖魔が旋回し様子を窺っている。

空を飛べない俺は役に立てず、近くの建物の屋根にのぼり打開策を探していた。

『真澄《ますみ》。あの妖魔、なにか様子がおかしい』

隣を漂うこがねの声で俺は妖魔に意識を集中させる。

「――開眼」

千里眼を発動させると遠くにいるはずの鴉の姿が望遠鏡を覗きこむようにぐっと大きく見えた。

眉間にある瞳に赤い四つ巴紋が浮かんでいた。

こがねの千里眼は色々な物が見える。攻撃の道筋、隠された力、そして相手の感情が色や波紋などの視覚情報として表れる。

「……混乱してる？」

鴉の背後にオーラが見える。多分これは感情を表す色だと俺は認識していた。

この力を得てから色々な妖魔を見てきたが、怒りなら赤、悲しみなら青、憎しみなら黒と皆まとうオーラが違っていた。

今回は赤と青がぐちゃぐちゃに乱れた色。きっとこれは混乱を表しているのだと思う。

その時、妖魔の額の瞳と目があった。瞳の紋様がぐるりと回転をはじめる。それが動きを命じているように、妖魔はがあがあと大声を上げ俺のほうへ一直線に向かってきた。

『こっちにくるぞ！』

「マスミ、そのまま気を引いてろよ！　三重円展開――固縛！」

三海が錫杖を横に構え、束縛の呪文を唱える。

妖魔の周囲に光る輪が現れ、その体を拘束する――のだが。

「があああっ！」

妖魔が鳴き、凄まじい力で瞬時に拘束を解いてしまった。突進の勢いは衰えることなくこちらに向かってくる。

『こちらも攻撃しないと！』

「三海！　俺に当たるギリギリでもっかい今の術かけてくれ！」

「すぐ解けちまうぞ！」

「一瞬で大丈夫だ！」

俺は腰を落とし、拳を握る。刀より素手のほうがやりやすいと最近気付いた。

俺は目を凝らし、妖魔を間合いギリギリまで引きつける。

まだまだ……俺の間合いに入ってくるまでよく見るんだ。あと二秒、一秒──。

「三海、今だ！」

「三重円展開──固縛！」

三海の術で妖魔の動きが一瞬止まった。それと同時に俺は拳を妖魔の額の目に打ち付ける。

「──破っ！」

正拳突きは見事にクリーンヒット。

妖魔は拘束されたまま、力を失いそのまま地面に落ちていく。

『よしっ、仕留めた！　よくやった！』

「マスミ、腕上げたな！」

二人に褒められながら、俺たちは落ちた妖魔のもとへ向かった。

「これが妖魔の正体か？」

三人で足下を見下ろす。

そこに倒れていたのは一羽のカラス。大きさも普通で、三つあった目も二つになっている。

三海の術で拘束されているから、このカラスが今戦っていた妖魔であることに違いない。

「コイツ、あやかしでもないただのカラスだぞ？」

三海が指先でカラスをつつく。ぴくりと動いたので、死んではいないようだ。

『――残滓《ざんし》を感じる』

「残滓？」

こがねの呟きに首を傾げた。

「妖力の痕跡だ。このカラスは妖術を受けた形跡がある」

「さっき額にあった目に見えた紋様みたいなのが妖術だったのか？」

だろうな、とこがねは頷く。

「じゃあ、このカラスは誰かに妖術をかけられて無理矢理妖魔にされたってのかよ」

『三人で顔をつきあわせていても仕方がない。一度帰って戸塚《とつか》に報告を――』

その瞬間、カラスが目覚め暴れ出した。羽ばたこうと拘束されている体をじたばたさせている。痛々しく可哀想《かわいそう》で見ていられない。

「どうする？」

『このカラスからはもう敵意を感じない。証拠として羽の一枚でも取って逃がしてやろう』

「――解《かい》」

三海は暴れるカラスから羽を一枚引き抜くと、拘束を解いた。

カラスはすぐに飛び去っていく。俺たちを襲う様子はなさそうだ。

「……にしても疲れたなぁ。今日は妖魔と戦うのも三件目か？」

大きく背伸びをする三海。俺も千里眼を使ったせいか目が重い。

「幽世《かくりよ》っていつもこんなに妖魔が出るのか？」

『いや。前は一週間に二件あれば多いほうだった』

風神伊吹《いぶき》の暴走から半月。ここ最近、妖魔の出現が相次いでいた。

とはいえ雷門に現れた夜叉丸《やしゃまる》とかいう強力な妖魔ではなく、今のような小物ばかり。

幽世の至る所に出現しているため人手不足が重なり、現世《うつしょ》への影響が少なくても特務課が妖魔の対処にかり出されていた。

『幽世になにか起こるかもしれないな――』

こがねの言葉に皆が押し黙る。神妙な空気が流れる中、上空から三海の頭に向かってなにかが落ちてきた。

ぺしゃりという嫌な音。恐る恐る頭に手を伸ばす三海。

「……うわ」

俺とこがねは別の意味で息をのんだ。頭上から聞こえるカラスの声。

『……爆撃されたな』

なにとはいわないが、三海の頭に降ってきたのはカラスのアレ。恐らく拘束された逆恨みかなにかだろう。

「あのクソガラス！」

三海が空に向かって叫ぶとカラスは彼を馬鹿にしたようにかあかあと鳴いて飛び去っていった。

「――っふ。ホントにカラスに爆撃されるヤツはじめて見た」

『帰る前に銭湯だな』

笑いを堪える俺たちの横で三海は大激怒していた。

頭にうんこを乗せてたら絶対ヒバナさんたちに馬鹿にされる。俺たちは帰る前に銭湯でさっぱりすることにした。

＊　＊　＊

「あのクソガラス。次見かけたら羽全部むしり取ってやる」

「やめとけ。また仕返しされるぞ。カラスは頭いいんだから」

帰り道。辺りはすっかり日も暮れ夜になっていた。

ひとっ風呂浴びて、銭湯の目の前にあったおでんの屋台で三海と一杯引っかけた。

勤務中になにをやってると思われるだろうが、幽世ではこれが普通だ。

というかそもそも公安特務課は暗黙の了解での二十四時間勤務。勤務時間なんてあってないようなものだ。任務以外は全部フリーだし、特におとがめもない。

戸塚さん曰く、あやかしなんて自由奔放な生き物を縛るのは無理だ。日本人が働き過ぎなだけなんだよ、クソが。だそうだ。

「しかし、俺たちだけ美味しいもの食べるのも申し訳ないな」

「土産も買ったから大丈夫だろ」

『うむ。女子たちには美味しいすいーつも買ったからな。喜んでくれるだろう』

三海の手にはお土産のおでん。俺の手には近くの和菓子屋でこがねが選んだ団子。なんだか飲み会の帰りに家族にお土産を買って帰る気分だ。

風呂で温まり、いい感じに酒も回っている。冬の冷たい風が気持ちよかった。

俺が幽世にきてもうすぐ一ヶ月。ここでの生活にも慣れてきた。

空を見上げるとそこには三日月。もうすぐ新月だ。

三人で他愛のない会話を交わしながら、駅前の大きな橋を渡る。その中央に銀髪の少女が一人で立っていた。

「──あ」

女の子と目があう。彼女は橋の欄干に立っていた。もっと詳しくいうと、橋の欄干の外側に。

「──あ、あの」

橋の下は川。思わず立ち止まって声をかけると少女はうろたえた。

「こ、こないで！　これ以上近づいたら飛び降りるから！」

彼女は叫びながら橋の下を見下ろした。水面まではかなりの高さだ。

どうしたものかと隣を見ると、三海も驚いて目を丸くしていた。そうしている間にも女の子はじりじりと足先を外へと進めている。

誰がどう見たって飛び降りを図っているようにしか見えない。

「ちょっと！　あの、落ち着こう……俺たちここから近づかないから」

どうどう、と手を前に出して女の子を宥める。

どのみち俺たちはこの橋を渡らなければ屋敷に帰れない。帰路を断たれたわけだが、下手に動いて飛び降りられてもそれは大変寝覚めが悪い。

俺が焦る一方で三海とこがねは極めて冷静にその子を見つめている。

「二人ともなんでそんなに冷静なんだよ。女の子が飛び降りようとしてるのに！」

「飛び降りるつったって……なぁ？」

『あやかしがこの程度の高さから飛び降りたって死ねないぞ』

三海とこがねは顔を見あわせて「ねー」なんていいあっている。仲良しか。

「いい、もう飛び降りる！」

それが気に障ったのか、女の子は飛び降りようと前傾姿勢をとる。

目の前に自殺志願者がいるわりには緩い空気が流れている。その中で俺だけが焦っていた。

「ちょっと待った！　落ち着いて！　あー……えっと、そうだな。自己紹介でもしようか。俺、西渕《にしぶち》真澄。君は？」

俺はあやかしではないし、いくら幽世での生活に慣れたとはいえ目の前で身投げされることには慣れていない。

なんとか彼女の気を逸らそうと必死に話題を探す。

「──キヨ」

涙声で答えた彼女の目は真っ赤に腫れていた。

「キヨさん、なんか悲しいことでもあったの？」

「恋人に捨てられたの。あの人がいない世界でなんて生きていけない」

恋に破れ身を投げる。あまりにも短絡的な考えだと思ったが、彼女はそこまで本気だったのだろう。

「いつかその人は君を振ったことを後悔するよ。ここで飛び降りたって痛いだけだし……ほら、きっとまた新しい恋が見つかるかもしれない」

「……あなた私に気があるの？　もしかしてひと目惚《ぼ》れ？」

なんでそうなる。

突拍子もない言葉に俺は言葉を詰まらせた。

「……っ、やっぱり私なんかこの世に必要ないのよ！」

俺の反応を見たキヨさんの目から涙が溢れだす。

え、俺のせい？　俺の反応がいけなかったのか!?

『……めんへら、というやつか』

呆れたように溜息をつくこがね。どこでそんな言葉を覚えたんだ。

確かに的を射てはいるが、その言葉は本人の前では絶対に禁句だ。

状況は最悪。そんなとき、橋の上に強風が吹き付けた。

「……きゃっ！」

「あぶな――」

キヨさんがバランスを崩し落ちていく。俺は咄嗟に手を伸ばしたが間にあわない。

もうだめだと思ったとき、横から手が伸びて彼女の腕を掴んだ。

「――っぶねぇなぁ」

それは三海だった。

強い力でキヨさんを引き上げ、軽々と欄干の内側に戻した。

「なにするの！」

「こんな可愛い子捨てるなんて酷い男だな」

彼女の乱れた前髪をなおし、涙を指で拭う。

三海の変なスイッチが入ったらしい。

先程の冷静さはどこへやら。聞いてるこちらが赤面しそうな歯の浮く台詞を平然と口にする。

銭湯帰りの三海は髪を下ろし、肩には手拭いをかけている。男の俺がいうのもなんだが、こいつは顔だけは良い。それはもう水も滴るなんとやら状態だ。おまけに石鹸《せっけん》のいい香りまでしているのだから、大抵の女子はときめくこと間違いなしだ。

「死ぬほど悲しいことなら、俺が忘れさせてやろうか？」

三海は彼女を抱き寄せ、見下ろしながらその唇を親指で優しく撫でる。

目もあてられない二人だけの甘い世界が広がっていた。

「……一緒にいてくれるの？」

「もちろん」

隣からうげっと嫌そうな声が聞こえたが、三海に抱かれている少女には効果抜群だったようだ。

顔を赤らめ、目がとろんとなっている。ああ、完全に落ちた。

いいのか？　初対面で名前も知らない男だぞ。見るからに遊び人だぞ。というか、実際かなり女の子と遊んでるみたいだぞ？　そんなんでコロッといくのか？

「私……あなたが好き」

「そいつぁ光栄なこった」

三海の完全勝利だ。

この子、さっきまで振られた恋人がいないと生きていけないとかいってなかったか？　乙女の恋はそんな簡単に移ろうものなのか？　そもそも本当にこんな男がいいのか？

目の前で繰り広げられる光景に呆然と立ち尽くしていると三海に呼ばれた。

「オマエら先帰ってろ。オレはキヨちゃん送ってから帰るからよ」

三海はそれはもう爽やかな微笑みを浮かべてキヨさんの肩を抱いていた。

隣にいる彼女はまんざらでもなさそうに頬を赤らめこくりと頷いている。

「——は？」

一瞬三海の言葉が理解できなくて聞き返した。

「だから先帰ってろ、って。ああ……ウブなマスミくんには刺激が強すぎたか？」

「あ？」

なにいってんだこいつ。なにが「モテる男は辛いぜ」だ。前髪かきあげてかっこつけてんじゃねぇよ。つーか、なんで俺におでん渡してくるんだ。

そのまま三海は高笑いをしながらキヨさんと二人で夜の街に消えていった。

「——はあっ？」

俺はその場に一人取り残された。

橋の上に吹き付ける風は冷たく、ほろ酔い気分も一緒に吹き飛ばされた。後に残ったのは両手に持ったお土産と、三海に対するいい表せない苛立ちの感情。

「あのクズ烏天狗《からすてんぐ》！　もっかいカラスにうんこ落とされろ！」

『くだらん。女遊びは三海の悪い癖だ。気にするな真澄、さっさと帰るぞ』

呆れたこがねに急かされるように俺は足を動かす。

その後、電車で屋敷まで帰ったがなぜかその間の記憶が全部ぶっ飛んでいた。

＊　＊　＊

「――ってことがあったんですよ！」

翌朝、俺は台所で朝食を作りながら愚痴をこぼしていた。

「最低ですね」

「相変わらず女たらしね三海は」

『あのお調子者のどこがいいのか私にはさっぱり理解できない』

台所に居合わせた女性陣が納得の表情で頷いている。

「やっぱり顔でしょう。彼、顔だけはいいから」

とヒバナさん。

「顔ですね。みんなあの顔に騙《だま》されるんですよ」

と百目鬼《とどめき》ちゃん。

『あの男、顔だけはいいからな』

どうやらああいうことは一度や二度ではないらしい。

女子の満場一致で三海は『顔だけが取り柄のクズ野郎』認定をされた。

「アイツが勝手に消えたから、結局俺が全部一人で報告書とか書くハメになったんすよ！　お陰で寝不足だ！」

『どうどう、落ち着け落ち着け』

怒りにまかせて味噌汁《みそしる》に入れる大根を無心で切り続ける。

ああ、こういうときにキャベツの千切りができればいいのに。

「真澄は手際がいいわね。料理、好きなの？」

「ん？　ええ、まぁ……前居酒屋で働いてて、厨房《ちゆうぼう》任されてたこともあるんで」

特務課のメンバーは皆一つ屋根の下で共同生活している。といってもみんないい大人なので社員寮という名のシェアハウスみたいなものだけれど。

今日はたまたま同じ時間に台所に人が揃った。折角だから一緒に朝ご飯でも作ろうか、と料理をはじめたわけだ。

「先日夜食に作ってくださった〝いんすたんとらぁめん〟……でしたっけ。あれ、美味しかったです」

ぽつりと百目鬼ちゃんが言った。真咲《まさき》が差し入れてくれたインスタントの塩ラーメン。こがねが小腹が空いたとせがむから作っていたら、匂いにつられて百目鬼ちゃんもやってきて、三人で食べたっけ。

聞けば幽世にはインスタントラーメンは存在していないらしい。余り物がなかったから、溶き卵をいれるだけのシンプルなものだったけれど。二人はそれはそれは美味しそうに汁まで飲み干して完食してくれた。

「気に入ったならまた今度買ってくるよ。色んな味があって美味しいんだ」

「それは楽しみです」

嬉しそうにはにかむ百目鬼ちゃん。相変わらず俺には手厳しいけれど、少しは打ち解けてくれたようだ。

「真澄がきたお陰で食べ物も豊かになって嬉しいわね」

「そうですね……出前を取るのも飽きますからね」

「そういえば、ヒバナさんと百目鬼ちゃんはあんまり外出ないよな」

疑問を投げかけると、二人は顔を見あわせて苦笑を浮かべた。

「そうね。私たちは許可がないと外に出られないから」

「ああ……本部を留守にしちゃいけないですもんね。それなら今度俺が留守番しとくんで、二人でどこか――」

違います、と百目鬼ちゃんが口を挟む。

「あたしとヒバナさんは緊急事態を除き、許可がなければ外に出てはいけないんです」

「……どういうこと？」

少しだけ空気が重くなった。ヒバナさんが目を泳がし、いいづらそうに頬を掻く。

なにかまずいことを聞いてしまっただろうか。

「――おはようさん」

タイミングよく暖簾《のれん》をくぐってきたのは三海。

なに平然と顔出してるんだ、と思ったがある意味ナイスタイミングだ。

「どうした。なんだよこの微妙な空気は」

重い空気を感じ取った彼が不審そうに目配せすると、みんな一斉に三海を睨んだ。

『其方が送り狼《おくりおおかみ》になったという話をしていたんだ』

「とっかえひっかえしてたらいつか痛い目見るわよ。一途《いちず》な男が一番素敵なんだから」

「不潔です。近寄らないでください」

「……は、はあ!?　朝一番にそりゃあんまりじゃねぇか!?」

ここぞとばかりに話題を変える女性陣。罵詈雑言《ばりぞうごん》を浴びせられた三海はたじろぐ。

「よ、色男。ゆうべはお楽しみだったようで」

「んだよ、報告書任せたの怒ってんのか？　今度埋め合わせするから許してくれよ」

「あの子と朝までお楽しみだったんだろ」

じとりと睨むと、三海は慌てて首を横に振った。

「違うって！　オレはキヨを家に送り届けてすぐ帰ってきたっつの！」

「……ウブなマスミくんには刺激が強すぎるとかいってただろ」

「アレは冗談だって。つうか、ここは外泊禁止だっつの！」

「――え、嘘だろ？」

ぴしりとまた部屋の空気が凍った。また俺はなにか地雷を踏んでしまったらしい。

どうしたものかと周りを見ると、ヒバナさんが溜息をつく。

「貴方が監視対象者としてここに来たように、私たちも色々ワケありなのよ」

「戸塚《とつか》の旦那が融通利かせてくれてるから、オレたちもマトモに生きられてるわけよ」

「……ここってそんなにヤバイところなんすか？」

思わず顔が引きつる。普通だと思った？　とヒバナさんに問われて首を振った。

当たり前のように馴染んでしまったけれど、そういえば俺は監視対象で、ここは普通じゃないところだった。

「――で、三海さんはなんの用ですか。朝食ならまだですよ」

百目鬼ちゃんが話題を変える。そこで三海は思い出したように手を叩いた。

「戸塚の旦那が呼んでる。緊急会議だ。今すぐ全員集合だってよ」

『この馬鹿者！　それを早くいえ！』

こがねが三海の頭を叩く。

「稔《みのる》に怒られたら全部三海のせいにしましょ」

「朝食の洗い物当番は三海さんで決定ですね」

「ほんっとここの女性陣はおっかねぇわ……」

「お前の日頃の行いがよくないだけだっての」

みんなでやいのやいのと三海を責めながら台所を後にした。

＊　＊　＊

みんなで本部に向かうと、とても機嫌が悪そうな戸塚さんが待っていた。

眉間の皺はいつもの三倍深く、鋭い眼光は今にも人を殺しそうな圧だ。

「緊急召集なんて珍しいわね。上に呼び出しでもされた？」

みんながうろたえる中、ヒバナさんは全く気にせず話しかける。この人度胸が凄い。

「そのとおりだ。朝っぱらから呼び出しやがって人使いの荒いクソ爺《じじい》どもめ。俺は偃《えん》月院《げついん》と公安局の使いっ走りじゃないんだよ」

戸塚さんの口調が荒い。

手に持っている携帯灰皿からは吸い殻が溢れている。ああ、これは余程のぶち切れ案件だ。

『早朝から呼び出しを受けるなんて、なにか問題でもあったのか』

「――ああ。先日一時的に妖魔化した風神・伊吹の調査を進めていたら、彼からも妖術の残滓が確認されたんだ。それが昨日三海たちが対処にあたった妖魔の羽に残された残滓と一致した」

『何者かがあやかしたちに妖術をかけて回っているということか』

「それだけじゃない。他にもここ数日のうちに討伐、拘束した妖魔からも同じ残滓が検出されている。最近妖魔の数が急増したことと因果関係があると踏んでいる」

本部の空気がぴしりと張り詰めた。

「あやかしは負の感情が高まると妖魔に堕ちやすい。人心掌握術などをかけられてる可能性が高いだろうな」

『人心掌握……』

隣でこがねがぽつりと呟いた。なにか思い悩んでいるようだが、その考えを振り払うように彼女は首を振った。

「風神暴走の一件では落月《らくげつ》教《きよう》幹部の夜叉丸が姿を現した。恐らく奴らがなにかを企てていることには違いないだろう」

緊張感がただよう中、俺はおずおずと手を挙げた。

「あの……こんな空気の中で質問するのは大変恐縮なんですが。偃月院とか、落月教とかたまに話には出てましたけど、詳しく教えてもらっていいですか」

「ああ……すまなかったな」

説明しよう、と戸塚さんの解説が始まった。

「この幽世には二つの組織がある。一つは「偃月院」と呼ばれるあやかしをまとめる中枢機関。もう一つは「落月教」と呼ばれる、偃月院の管理下から外れた妖魔たちが徒党を組んだ裏社会の組織だ。偃月院と落月教は所謂《いわゆる》、警察と悪の組織といった関係性でね。落月教は妖魔を解き放ち幽世を襲う。そして偃月院は妖魔を捕らえ、幽世の平和を守る。そんな感じで長年に渡り敵対を続けているんだ」

「この間雷門に現れた夜叉丸という妖魔は他の妖魔と雰囲気が違いました」

「通常妖魔は理性を失い、本能のままに暴走するが、高位のあやかしが妖魔に堕ちると理性を保ち、善の心と引き換えに、強力な妖力を得るんだ」

「じゃあ……この妖術を使ってあやかしを操っている妖魔は危険ということですか？」

「そうだな。あやかしを操るとなれば、厄介な相手だろう」

戸塚さんもなにか思い当たることがあるのだろうか、渋い顔をしている。

「そもそも落月教の目的ってなんですか」

「幽世と現世の掌握。俗にいう世界征服だ」

「そんな軽いノリでいわれても……」

この人真顔で冗談いうからどこまでが本気か分からない。

「妖魔の動きが活発になり、現世への影響がどうでるかわからない。公安局も身を引き締めるようにとのお達しだ。東京の守りを固めるため、京都出張中の九十九《つくも》を呼び戻した。そのうち帰ってくるだろう」

「マジかよ！」

九十九という名前に三海さんが嬉しそうに目を瞬かせる。

「九十九さん……ってもう一人の公安局員でしたっけ？」

「ああ。一応は人間の職員だ」

一応、という強調に俺は首を傾げる。もしかして俺と同じ半妖《はんよう》だったりするのだろうか。

「相棒は下手な妖魔より強いからな」

「鉄パイプ片手に妖魔を狩る姿からついた異名は――金色の悪魔」

「……大丈夫なんすかその人」

三海さんとヒバナさんの人物紹介に俺の脳内は大変なことになっている。金髪に武器が鉄パイプ——特攻服でも着てそうだ。

その人物の名前が出たことで張り詰めていた空気がゆるんでいく。

「——というわけだ」

戸塚さんが手を叩くとざわついていたみんなが彼を見る。

幽世に異変が起きている。なにが起きても対応できるよう気を引き締めないと——。

「全員、今日は休め」

「——は？」

戸塚さんの言葉に全員が肩透かしを食った。ぽかんと目を瞬かせる。

「今幽世がヤバイって話してましたよね？」

「ああ」

まず俺。

「守りを固めるとか、鍛錬に励めとかそういうんじゃないのかよ」

次に三海。

「ずっと気を張ってたら疲れるだろ。俺が留守番しておくから、みんな出てけ」

しっし、と戸塚さんに手で追い払われる。うちの課長は本当になにを考えているかわからない。

すると、ヒバナさんがすくりと立ち上がった。なにか覚悟を決めた様子で俺たちを見下ろしている。

「真澄、三海！」

「はい！」「おう！」

ヒバナさんは戸塚さんの右腕。彼の代わりになにか景気づけの言葉を——。

「荷物持ちに付き合ってくれるかしら！　出掛けるわよ！」

拳を握り高らかに宣言するヒバナさんの目は乙女のように輝いていた。

「さあ、百目鬼ちゃんも思いっきりおめかししなさい！　年に数度の外回りよ！」

「——はい！」

鶴の一声で百目鬼ちゃんがダッシュで部屋を出て行く。女性陣のはりきりようが凄い。

『——戸塚、本当によいのか？』

こがねが尋ねると、戸塚さんは煙草に火をつける。

「これから忙しくなるだろうからな。今日は思いっきり羽を伸ばせ。それに、これからまたここで会議があるんでね。君たちがいるとややこしいんだよ」

『管理職、というものも大変だな』

「ふっ……西渕も精々あの二人に振り回されてくるんだな」

ほらいったいった、と戸塚さんは苦笑を浮かべる。

なんだかんだいいながらいつも特務課のメンバーを気遣ってくれる我らが課長に感謝しつつ、俺たちは非番を満喫するために外に出ることにした。

＊　＊　＊

数時間後、俺と三海は女性陣と外出したことを心の底から後悔していた。

「姐《あね》さん、トドメキちゃんよぉ……アンタらいい加減にしろよ……」

「まだ買うんすか……」

俺たちの手には溢れんばかりの大荷物。顔の前まで積み重なったそれはもうバランスゲーム状態だ。

ここは幽世弐番街。高架下の薄暗く細長い場所に様々なジャンルの店が所狭しと並ぶ。ここで買えないものはないといわれていて、通称八百万《やおよろず》商店街と呼ばれているとか。

現世の地理的には秋葉原辺りだろうか。お菓子やグルメなど目を惹《ひ》くものも多い。だけど、時々骸骨とか蛙《かえる》の干物とか、怪しい漢方屋に恐ろしそうな占い屋など、幽世ならではのディープな店も溢れていた。

「ヒバナさん、次はあちらに」

「これが終わったら甘いものを食べましょう」

二人は俺たちを置いて次から次へと商店を渡り歩く。

買うわ買うわ。一体どこにそんなにお金を貯《た》め込んでいたのやら。

「こがねはなにか買わなくていいのか？」

もう一人の女子、こがねはどこか上の空だ。俺が声をかけると思い出したようにはっと顔をあげる。

『私はいいよ。いつも真澄に憑いて色々出歩いているからな』

「そうか。ならいいけど」

「あ！　お兄ちゃんだ！」

話の途中で背後から声がかかった。振りむくとそこにいたのは鬼の男の子。

この子……確か、はじめて妖魔と戦ったときに俺が助けた子じゃないか。

「君、あのときの！　どうしてこんなところに？」

「父ちゃんのお店の手伝い！　お兄ちゃんにまた会えたら、お礼を渡したいと思ってずっと捜してたんだ！」

男の子が指さした先には木工芸品店。そこに座っている寡黙そうな店主が頭を下げた。

すると男の子は自分の首に提げていた木札を差し出した。

彼の掌ほどの大きさで、中央には拙《つたな》いけれど鬼の顔の装飾が彫られている。

「これ、お守り！　怖いのと戦ってるお兄ちゃんを護《まも》ってくれますようにって、父ちゃんに教えてもらいながら作ったんだ！」

「俺のために作ってくれたの？」

「うん！　あの時のお兄ちゃん、かっこよかった！　助けてくれてありがとう！」

男の子の純粋な気持ちに胸がじんとした。

ああ、あの時本当に動いてよかった。受け取った木札を首から提げる。これはどんな厄《の》でも払い除けてくれそうだ。

「俺のほうこそありがとう。お手伝い、頑張ってな」

「うん。お兄ちゃんも荷物運びのお仕事頑張ってね！」

俺が両手に抱えている荷物を見上げながら、男の子は店番に戻っていった。

『よかったな。其方もだんだんと幽世に馴染めてきたようだ』

「こうやってお礼をいわれると嬉しいもんなんだな」

こがねに微笑ましそうに見られるとなんだかとても照れくさい。

「いやぁ、モテる男は辛いねぇ～」

そしてそれを一番見られたくない男に見られていた。三海に茶化されながら、腕で軽く小突かれる。

「あっ、三海くん〜！」

また背後から声をかけられた。今度は俺じゃなくて三海が。おまけに女の子の声だ。

振り向くと、派手な女子二人が手を振っていた。

「おうおう、誰かと思えばルリとアサギじゃねぇか。こんなところで奇遇だなぁ」

「凄い荷物だね〜買い出し？」

「ねぇねぇ、次はいつお店来てくれるの？」

女子たちはきゃっきゃと騒ぎながら三海の両脇をがっちり固めた。色気たっぷりな風貌、漂ってくる甘い香り。きっと夜の街関連の子たちだろうか。とても華やかだ。

「次ってかぁ？　今日は非番だから、今から三人で遊びに行っちゃおうか？」

「えーっ！　本当にぃ？　隣の可愛い男の子は知り合い？　一緒に遊ぼうよ！」

一人が俺の頬をつんつん突っついてくる。あまりこういうのには慣れていないが、可愛い子に詰め寄られて悪い気はしない。

『──こら、真澄。鼻の下が伸びてるぞ』

いつの間にか人型に化けていたこがねに頭をチョップされ我に返った。

「なぁんだ、可愛い彼女持ちかぁ。つまんないのぉ」

「いや……彼女とかそういうんじゃ……」

『なんだ。その微妙に迷惑そうな反応は』

女の子たちに茶化され、こがねにジト目で見られて俺はもうどうすればいいのかわからない。

戸惑っていると、少し遠くの方からどさりと物が落ちる音がした。

「──三海、さん」

こちらを見ながら呆然と立ち尽くす、見覚えのある銀髪の少女。

彼女は昨日、橋の上から飛び降りようとしていたキヨという子じゃないか──。

「キヨ……」

彼女の視線の先には三海。そして彼と腕を組む綺麗な女子が二人。その光景を見たら誰だって誤解する。

「酷い！　昨日私を慰めたのは嘘だったのね！」

「はあっ!?」

突然少女が両手で顔を覆い叫ぶ。あまりの大声にさっと周囲の人波が割れ、皆が三海に注目する。

「私たち付き合ったんじゃないの!?」

「なんでそうなる！　昨日、送ってっただけだろ！」

「昨日いったじゃない！　オレが失恋忘れさせてやるって！」

「いや、泣いてる女の子いたら誰だってそう言葉をかけるだろ！」

焦る三海。昨日のあれは無意識だったというのか。だとしたら末恐ろしい男だ。いつか女の子に背中から刺されるぞ。

「三海、それはお前が悪い」

『ほら見ろ。いつか痛い目見るといっただろ』

「ちょっと待て、オレの話を聞いてくれ！」

動揺する三海に、アサギちゃんとルリちゃんはさっと彼から距離を置いた。

「今日は遊ぶのやめてあの子のこと慰めてあげたほうがいいよ。私らはお店で待ってるからさ」

「ウブな女の子泣かせる男はサイテーだよ。じゃーねー、三海くん！」

二人はしっかり三海に追い打ちをかけて去って行った。さすが本職。仕事とプライベートの区別が完璧についている。

ああいう人たちは三海の軽口を冗談だと聞き流すだろうが、恐らく純粋なキヨさんは思い切りどストレートに受け取ってしまったのだろう。

「酷い！　あなたも私を捨てるのね！　もう死んでやる！」

そうしてキヨさんは袖で涙を拭いながらその場から走り去っていく。

その場に残された三海は呆然とその後ろ姿を見つめていた。

「追いかけたほうがいいと思うぜ、先輩」

『女子を泣かせる男は地獄におちろ』

「っ——ああもう！　なんで休みなのにこんなことになるんだよ！」

俺とこがねに肩を叩かれ三海は頭をかきむしる。仕方がない、身から出た錆《さび》だ。

そして三海は俺に荷物を全部預け、キヨさんを追って走り出した。

「追いかけるか？」

『——ああ。そのほうがいい、面倒なことになりそうだ』

しかし追いかけるにしろこの大量の荷物をどうにかしなければ。ちらりと周囲を見回すと、さっきの鬼の男の子と目があった。

「お兄ちゃん、あの烏天狗さんを追いかけるの？」

「ああ……悪いけど荷物預かっててもらってもいい？」

こんな純粋無垢《むく》な子に三海はなにを見せてくれたんだ。悪影響を受けたらどうする。

「いいよ！　お兄ちゃん、頑張ってね！」

「ありがとう！」

ああ、本当にいい子だ。どうか彼は三海のようにならないで真っ直ぐ育ちますように。そんな祈りをこめながら、俺は鬼の子に荷物を預け三海たちのあとを追った。

「三海もキヨさんもどんなスピードで走ってったんだよ。千里眼使ったほうがはやいか？」

『……いや、わざわざ千里眼を使わずともすぐに見つかる』

高架下の商店街を抜けたところでこがねが動きを止めた。

彼女が頭上を見上げれば、俺も一緒にそれを追う。

「落ち着けって、オレが悪かった！」

「うるさい！　もういいっ！　どうせ私は重い女よっ！」

いた。二人はなんと線路の上でもめていた。なんて命がけの痴話喧嘩。

「電車がきたら迷惑かかるぞ！　落ち着いて、降りて話しようって……な？」

「もうあなたの言葉なんて信じない！　慰めて、捨てるなんて最低よっ！」

「付き合ってもいないのになんでオレが手酷く捨てたみたいになってんだよっ！」

二人の声は下にいる俺たちにもはっきりと聞こえてきた。

事情を知らない人が見たらただの痴話喧嘩。そして今は昼下がり。野次馬たちがぞろぞろと集まってくる。これが現世ならSNSでトレンドにあがること間違いなしだ。

「あら、なぁに。面白そうなことやってるじゃない」

「とうとう三海さんに天罰が下るみたいですね」

騒ぎを聞きつけ買い物に熱中していたヒバナさんたちも合流してきた。

傍《はた》から見たら面白すぎる光景だが、さすがに場所がまずい。

「さすがに止めないと、電車きたらひかれちゃうぞ」

『──噂《うわさ》をしたらきたみたいだ』

こがねの呟きをかき消すように警笛が鳴り響いた。

「やべ──っ」

三海の羽が逆立った。

二人の背後から電車が迫ってくる。これには野次馬たちもざわつきはじめた。幾らあやかしとはいえこれにひかれたらただでは済まないだろう。

「キヨ！　オレの非は認めるから、とりあえず一旦ここから離れるぞ！」

「いやよ！　触らないで、近づかないで！」

キヨを担ぎ上空に逃げようとする三海だが、彼女が酷く暴れるため中々うまくいかないようだ。そうしている間にも電車は距離を縮めてくる。

「ヒバナさん、どうしましょう！」

「うーん……一応幽世と現世の平和を守っている私たちが、こんなところで人様に迷惑かけるのもいけないわね。稔が折角気を遣って休みにしてくれたのに……これ以上彼の胃痛の原因を増やしたくないわ」

うん、と頷いたヒバナさんは空に手を掲げる。するとその手から白い蜘蛛の糸が飛び出し、三海たちがいる線路にぴたりと張り付いた。

「というわけだから、みんなで可哀想な女の子を慰めにいきましょうか」

「――は？」

その瞬間がしっと強い力で体を引き寄せられた。肩に回されたのはヒバナさんの背中から生えた蜘蛛の脚。

「あたしもですか!?」

一緒に抱きかかえられた百目鬼ちゃんもさすがに驚いたようだ。ヒバナさんは俺と百目鬼ちゃんを抱き寄せ、そのまま上に飛んだ。そうだ彼女は蜘蛛のあやかしだった。

『ヒバナ、馬鹿者！　迫り来る電車の前にわざわざ飛び出すヤツがいるか！』

華麗なジャンプで降り立ったのは三海たちの傍。着地できたのはいいが、状況は最悪。俺たちのすぐ後ろには電車が迫ってきていた。

これじゃ被害を大きくするだけだ。こがねも焦りまくって俺にしがみついてくる。

「――か、開眼!!」

どうする!?　千里眼でどうにかできるのか!?　咄嗟に開眼してみるが、逃げ道は一切見えない。避けきれない！　確実に当たる！

「うわあああっ！」

電車は目の前に迫っていた。折角一度命が助かったのに、俺はこんなところで死ぬのか。

もう駄目だと固く目を瞑ったが、いつまでたっても衝撃は襲ってこない。

「――っ？」

恐る恐る目を開けると、俺たちの目と鼻の先で電車が止まっていた。

よかった、ブレーキが間に合ったのか。と一安心して腰を抜かせば、俺たちと電車の間にきらりと輝く糸が見えた。

「……蜘蛛の巣？」

よく見るとそれは巨大な蜘蛛の巣だった。そこに電車がひっかかり、見事に動きを止めている。これを出したのは間違いなくヒバナさんだ。

目の前に迫っていた電車にみんなが腰を抜かしている中で、唯一ヒバナさんだけが綺麗に笑って立っている。

「美味しそうなお嬢さん、死ぬなんて悲しいこといわないでよ」

尻餅をついているキヨさんにヒバナさんが近づき、その顎を指先ですくい上げる。

「あんなクズのために命捨てるなんてそれこそ無駄。こんなに美味しそうな子を捨てるなんて男たちはみんな見る目ないわね」

ヒバナさんが愛《いと》おしそうに少女の頰を撫でる。その表情は優しいお姉さんというよりはどちらかといえば美味しそうなものを見る捕食者のそれで。なんだかかなりいけない匂いがする。

「貴女《あなた》お名前は？」

「……キ、キヨです」

可愛い名前、とヒバナさんはうっとり微笑んで彼女の目尻に滲む涙を拭う。

「ふふ……このまま食べちゃいたいところだけど。稔に怒られちゃうから……キヨちゃん、私たちと一緒に飲まない？　女子会しましょう？」

こんな状況でまさかのナンパ。どんな歴戦のナンパ師だって卒倒する。

「…………はい」

ヒバナさんに軍配が上がった。

キヨさんの顔は真っ赤だ。まぁ、確かにこんな綺麗で格好よく、おまけに自分の命を救ってくれた人に惚《ほ》れないほうがおかしいだろう。

「――さ、そうときまれば、三海はほっといてみんなで飲みに行くわよ！」

ぱん、と勢いよく手を叩いてヒバナさんはその場にいた三海以外の全員を蜘蛛の腕に抱きかかえた。

「失恋の痛みは飲んで忘れるのが一番よ！　さぁ、今日は昼間から飲むわよ！」

「え……俺もですか？」

女子会といっていたように聞こえたが、俺は男だ。恐る恐る自身を指さしながらヒバナさんを見上げると彼女は怖いくらいの笑みを浮かべていた。

「黄金《こがね》がいるから真澄は女子に含めるわ！」

「頑張れマスミ！　姐さんザルだからぶっ倒れるなよ！」

騒ぎの元凶となった張本人はなにか危険を察知して、空に羽ばたき消えていく。

「あっ、三海！　お前後でおぼえとけよ！」

「さぁ、今日は飲むわよ！」

空に逃げる三海。捕まって地面に降りていく俺。

謎の女子会強制参加。俺の折角の休日はもうわやくちゃだ。

ああ。あの電車はその後何事もなく運行を再開したらしい。真面目な現世とは違い、幽世はこんなことが日常茶飯事。気にする者は誰もいなかったそうだ。

＊　＊　＊

「酷いと思わないっ⁉」

どん、と力強くキヨがテーブルにグラスを置いた。この台詞はこれで何回目だろう。

俺がヒバナさんたちに飲み屋に連行されて早数時間。既に日が暮れ始めていた。

「……相手を本気でものにしたいなら食べちゃえばいいじゃない。そうしたら永遠に自分のものになるわよ？」

「そんな極端な思考回路になるのはヒバナ様だけだと思います」

女子トークは話題が尽きない。飽きることなくキヨの失恋トークに相づちを入れている。みんな相当飲んでいるはずだが、顔色が一切変わっていない。どういうことだ。

「あの……さすがに皆さん飲み過ぎじゃ――」

「大将！　お酒おかわりおねがいします！　あとトカゲの尻尾の串焼き五本追加で！」

　俺の言葉を遮るように百目鬼ちゃんが追加オーダーを入れた。

　こういうことに一番興味がなさそうな百目鬼ちゃんが一番興味津々だ。

「それでね。悲しみにくれていた私に『キミはとても綺麗だね』って声をかけてくれた人がいたの。私以上に綺麗な人だったわ。綺麗な金色の髪で、毛先が白いの。その人はシロさんっていって――」

　失恋話から一転、またのろけ話がはじまる。感情のジェットコースターについていけない。やはり男にとって女子会は禁足地だ。早く帰りたい。

「――でも、ある日シロさんは『キミはもう用済みだからいらないよ』って私の前からいなくなってしまったの。私はシロさんが大好きで……彼がいない世界が考えられなくて。それで辛くて死のうと思ったら……あの三海さんが」

　過去付き合った男から、最新の三海まで。この一連の話で一周だ。

　一区切りつくとキヨさんはまたはじめて付き合った冷たい雪男の話を始める。泣きながら話すキヨさんの目は据わっている。彼女はもうベロベロに酔っ払っていた。

だが、相づちを打つヒバナさんたちはぶっちゃけ彼女の話を殆ど聞いていない。

キヨさんはキヨさんで自分が話せていればいいのか、他の人たちが話を聞いていないことも気にしていないようだ。愚痴を聞いてほしいだけで意見はいらないとはこういうことなのか。

「女子ってこえー……」

『そういう真澄は色恋沙汰はないのか？』

ちびちびと果実酒を飲んでいたこがねが問いかけた瞬間、全員が一斉にこちらを見た。凄い眼光だ。話聞いてなかったんじゃないのかよ。

「俺の話なんて聞いてもつまらないっすよ……？」

「ヒトの子の恋愛事情気になるわよ。稔も九十九も教えてくれないし……ねぇ？」

ヒバナさんが目配せすると全員がこくこくと頷く。恋バナで盛り上がるなんて学生か。ここまで期待を向けられ逃げるわけにもいかない。俺はごほんと咳払いを一つ。

「……高校生の頃。告白してはじめて付き合った彼女が、次の日違う男と手を繋いで歩いてたのを目撃した。で、交際から二十四時間経たずに振られました」

「うわぁ……」

俺の甘酸っぱいというか酸っぱいだけの失恋話に全員が身を引いた。

これをいうと大体みんな同情してくれるし、それ以上絶対に突っ込まれない。ので、この手の話を振られたら絶対にこれを話すことにしている。あの時は泣いたが、もう笑い話だ。

『あまり気にするな真澄。其方は純粋でいいヤツだ。絶対いつか幸せになれる』

こがねが慰めるように俺のグラスに酒をつぐ。あ、酔ってるな。

「……どうぞ。これ、差し上げます」

同情の輪が広がっていく。今度は百目鬼ちゃんがトカゲの尻尾の串焼きをくれた。気持ちはありがたいけれど、正直見た目が生々しすぎて食べられたものではない。

「なんて可哀想な真澄！　今日は私の奢りよ、好きなだけ飲みなさい！　その女の子を恨んでるなら私が食べてあげましょう」

「そのお気持ちだけありがたーく受け取っておきます」

ヒバナさんが涙目になりながら抱き寄せてくる。酔っ払っているのか背中の蜘蛛の脚が伸びてきてわなわなと蠢《うごめ》いているのがとても怖い。

戦々恐々としていると俺の真向かいに座っていたキヨさんが俯《うつむ》いて震えていた。

「……キヨさん、どうした？　大丈夫？」

飲み過ぎて気分が悪くなってしまったのだろうか。心配して声をかけると、彼女は勢いよく顔をあげた。

「真澄くん！　あなたもこちら側だったのねっ！」

感激されながら乾杯！　と勢いよくグラスを押しつけられた。普通ならこの時点で別の話題に切り替わるはずなのだが、彼女には逆効果だったらしい。

「他にも経験あるはずよ！　さぁ、聞かせて！　あなたの辛い話を聞かせてっ！」

「いやぁ……他は別に特段話すようなことでも……」

『ふふふっ、私は知っているぞ。其方は三年前にも――』

俺の隣で意気揚々と話しはじめたこがねの口を慌てて塞いだ。

「こがねお前！　また俺の記憶覗いたな！」

「寝てる間の其方は無防備すぎなんだ。もう色々見ているぞ」

くそっ、いつの間に記憶を覗かれていたんだ。寝てる間まで気を張るなんて無理だっつの。

「なぁに、気になるところで話やめないでよ。ほら、早く教えて」

「……っぐ」

話したら絶対面白がられるだけだ。だというのに酔いが回ってくると人間はどうしても口が軽くなってくる。

幽世の酒は度数がかなり強かった。おまけにずっと現世にいた俺は飲み会なんて久々すぎてこの賑やかな雰囲気に浮かれていた。

気付けば俺のグラスには絶えず酒が注がれ、あれよあれよと色んな話をしたと思う。

結局みんなで夜が更けるまで飲み交わし、帰るころには泥酔して記憶もぶっ飛び、どうしようもない酔っ払いの屍《しかばね》ができあがっていた。

＊＊＊

酔いが回る頭で夢を見た。

視界がぐるりと回っている。目の前が赤い。俺は地面に倒れているようだ。

『――、黄金。黄金！』

誰かが切羽詰まった様子でこがねの名前を呼んでいる。

顔を覗き込まれるが、意識がぼんやりとしている上に目が霞んでいて相手の顔がよく見えない。

『どうしてボクなんかを庇《かば》って！』

歯がゆそうに抱きしめられた。背中に触れる手は震えている。

額に水滴が落ちてくる。よく見るとそれは血だった。

『……くそっ。ボクだって一人で戦える。ボクだって、キミのように戦える！』

自分を抱きしめる相手の肩越しに沢山の視線を感じる。よく見るとそれは大量の妖魔だった。今にも襲いかかってきそうに舌舐めずりをしている。

『黄金が倒れたらあとはこっちのもんだって？　随分、舐められたものだね……ボクはお前らの敵じゃないっていうのか』

その瞬間、その人物ははたと顔をあげた。なにかを探すように辺りを見回す。

「……みんな、バカにして。ふざけるな」

忌々しそうに呟かれた言葉。その人物が纏う空気が一変した。

（──だめだ。だめだ！　白銀《しろがね》っ！）

必死にとどめるような強い感情が流れ込んでくる。これはきっとこがねのものだ。

「こんなヤツらに負けたくない。力が欲しい……もっと強い力が……」

抱きしめられていた力が強くなる。安堵感はなく、ただ苦しいだけだ。そして目の前の人物は力を欲して闇に堕ちていく。

俺は地面にごとりと落とされ、目の前の人物の高笑いを聞いていた。

「……っ、はは！　最高だ！　気持ちがいい、力が溢れてくる！」

その人の目にもう俺は映っていなかった。空を見上げぼんやりと佇んでいる相手に向かい、妖魔たちはとどめを刺そうと一斉に襲いかかってくる。

「──邪魔だ。消え失せろ！」

その一言で空気が揺れた。

ぴたりと動きを止めた妖魔たち。次の瞬間、彼らは互いを攻撃し合い自滅した。

妖魔の屍が積み重なるその場所に佇むその人物は、倒れている俺に妖しく微笑みかけてくる。

「……みて、こがね。妖魔はみんな殺したよ。これが本当の力なんだ。もう、なにも怖くない。もうキミよりも強い。だから——その証明に。ボクはキミを殺すね」

儚《はかな》くも恐ろしいその表情は、こがねの顔とよく似ていた。


「——っ！」

飛び起きると視界が歪んだ。

頭が酷く痛み、吐き気が込み上げて口を押さえた。動悸《どうき》で心臓が激しく脈を打っている。

これは二日酔いのせいだけではない。あの悪夢を見たせいだ。

「……こがね？」

恐らくあれは彼女の記憶。いつもなら私の記憶を覗くなと顔を出すはずなのに、こがねの姿は一向に現れない。

起き上がろうとしたけれど体が重くて、俺はそのまま布団に倒れ込んだ。

「……昨日、飲み過ぎたか」

『──真澄、呼んだか？』

頭の中にこがねの声が聞こえてくる。なんだかとても元気がなさそうだ。

「いや、多分こがねの記憶を夢に見たんだ」

『そうか……』

「気付いてなかったのか？　こがねも昨日相当酔ってたもんな」

二人で二日酔いか、と痛む頭を押さえながら笑っているとこがねが「違う」と囁《ささや》く。

『私の力が弱まっている。今日は新月だ。私は今日一日眠る。後は任せた──』

「は？　ちょっとおい……こがね」

こがねの声が消えていく。

その後何度呼びかけてもこがねが俺に応えることはなかった。

＊　　＊　　＊

「西渕、君は今日も休みだ」

重い体を引きずりながら本部に向かうと戸塚さんに開口一番そう告げられた。

「すみません。昨日飲み過ぎて二日酔いで……でも、動けはするので大丈夫です」

酷い二日酔いだが仕事には関係ない。場の雰囲気に流されたことは否めないが飲み過ぎたのは事実だ。

本部には既にみんな揃っていた。あれだけしこたま飲んだというのにヒバナさんも百目鬼ちゃんもけろっとしている。そして厳しい表情を浮かべている戸塚さん。飲み過ぎて寝坊するだなんて学生じゃあるまいし、社会人としての自覚がなさ過ぎたと猛省した。

「すみません。顔洗ってきていいですか」

「違う。怒っているわけじゃない。鏡を見てみろ」

しょぼくれている俺に鏡を差し出す戸塚さん。そこに映っているのは少し顔色の悪い自分の顔。

「——ん？」

違和感を覚えて自分の顔をまじまじと見つめる。なにが違う。顔色か？　確かに死んだ目をしているけれど。

「……目」

そうだ、目だ。俺の目が黒に戻っている。こがねが憑いてから金色に変わっていたはずなのに。

「俺、元の体に戻ったんですか？」

「違う。今日は新月。黄金の力が最も弱まる日なんだ」

「そういえば、こがねがさっき今日は一日眠るって……」

呆然としていると、戸塚さんはやはりなと頷く。

「黄金の妖力は月の満ち欠けに影響を受ける。彼女の場合は満月が最も強くて、新月が最弱になるんだ」

「そうだったのか」

だからあんなに具合が悪そうだったのか、と自分の胸に手を当てる。

名前を呼んでもやっぱり返事はない。いつも近くに感じているこがねの気配がとても小さく遠く感じた。

「西渕に取り憑いたことで新月の影響がどう出るか懸念していたが、やはりこうなったか」

「体が重いのは二日酔いのせいだけじゃなかったんですね」

「ああ。今の君の体はほぼ人間と同じだ。身体能力も下がっていることだろう。今重傷を負えば確実に死ぬ。だから、今日は大人しく部屋に籠もって寝てろ」

「見回りはどうするんですか？　それにもし妖魔が出たら……」

「三海と俺でどうにかする。今の西渕ではただの足手まといだ、気にせず休め」

そういわれればなにもいい返せない。今だって三海やこがねのサポートがあるからなんとかこなせているだけだ。みんなに迷惑はかけられない。でも俺だけ呑気《のんき》に横になっているのも申し訳なかった。

「じゃあせめて屋敷の中でもできる仕事があれば――」

休息を悪だと思ってしまうのは日本人の悪いところだろう。

俺の申し出を聞いた百目鬼ちゃんは呆れたように溜息をついて、俺の手を引き本部を出て行った。

「百目鬼ちゃん？」

「いいから、部屋に戻ってください」

有無をいわさず部屋に連れ戻され、押し込めるように障子を閉められた。

「これ、黄金様の好物です。沢山食べて沢山寝て、体力をつけてください」

百目鬼ちゃんは腕に抱えていた風呂敷包みを押しつけてきた。

その中にはおにぎりやお団子などとても一日では食べきれないほどの大量の食料が入っていた。

「部屋には外から札を貼って結界を張ります。今日一日絶対に出てはいけません」

百目鬼ちゃんの声音はいつも以上に真剣だった。

「こがねの力が弱まるのはそんなに不味《まず》いことなのか？」

「あやかしが妖力を失うことは即《すなわ》ち身の危険を意味します。だからあやかしは自身の弱点をひた隠しにして、妖力が弱まる日は姿を隠すのです。黄金様は高位の天狐《てんこ》。万が一彼女が弱っていると知れれば敵の恰好の餌食になります」

黄金様になにかあったら許しませんから、と百目鬼ちゃんが睨んでくる。

今俺ができることはこがねのために少しでも体を休ませることなのだろう。

「わかった。今日は一日大人しくしてます」

「――あたし、ずっと見張ってますからね」

天井を指さす百目鬼ちゃん。顔をあげると天井一杯に広がる大きな瞳。これはガチだ。本気で休まないと殺される。

そして百目鬼ちゃんは部屋を出ると、障子の外側に札を何枚もぺたぺたと貼っている。

しばらくして彼女の足跡が遠ざかっていくと、天井の目もすうっと消えた。

「……本当に閉じ込められたんだな」

なんだか着替えるのも億劫《おっくう》で、ネクタイを緩めそのまま布団に寝転んだ。

すると途端に瞼が重くなってきた。二日酔いのせいじゃない。きっとこがねが休息を欲してるんだ。

「……こがね。辛いのか？」

声をかけても返事はない。

彼女と出会ってもうすぐ二ヶ月。四六時中一緒にいると、自分のことのようにこがねのことが心配になる。俺たちは一心同体。こがねが辛いと俺も辛い。いつもの賑やかな声が聞けないのはなんだかとても寂しくて心細かった。

「無理すんなよ。俺、昔から体力だけは自信があるんだ。辛かったら俺の体力奪っていいからな」

聞こえているかもわからないが俺は胸を撫でながらこがねに声をかけた。早く元気になれと願いながら、俺は微睡《まどろ》みに身を任せた。

＊　＊　＊

眼球がぴくりと動く。俺の視界は眠る自分自身を映していた。まるで幽体離脱だ。そして俺の意思とは別に視界は屋敷を離れ、凄まじいスピードで遠くの場所へ移動していく。

動くのは視線だけ。体は一切動かすことができない。

これは夢だろうか。いや、夢にしては鮮明すぎる。

場所は変わって橋の上。ここはキヨさんと出会った場所。そこに彼女が立っていた。

（——キヨさん？）

あの夜のように彼女は泣いていた。手すりを涙が濡らしていく。

声をかけても彼女には届かなかった。俺はその光景をただ見ているだけ。

昨晩楽しく飲み交わしたことが嘘のように、その顔は絶望に沈んでいた。

「なんでぇ……せっかくまた会えたのに……シロさん……」

両手で顔を覆い彼女は泣き崩れる。一体何があったんだ。

通行人はしらけた瞳で彼女を横目に見ながら素通りしていく。彼女を慰めたり気にかける人は誰もいない。

「私なんか幸せになれない。こんな重い女好きになってくれる人なんかいない。私はただ……好きな人と素敵な恋をしたいだけなのに──」

彼女の爪が床に食い込み、木橋に傷を刻む。

「──憎い」

吐き出されたのは低く、重い、呪いの言葉。

「憎い。憎い憎い──私を捨てた男全てが憎い……!」

キヨさんの感情が高ぶっていく。髪の毛が逆立ち、流れる涙は血の色に変わった。

(──キヨさん、だめだ!)

でも俺の声は届かない。

彼女が彼女ではないモノに変わっていく。深い闇の中に堕ちていく。

「……男なんて皆死ねばいい。全部、燃えてしまえばいい」

彼女を包むように大きな火柱が燃え上がる。

凄まじい爆音と業火。炎の中から大きな影がにょろりと姿を現す。

「みんな地獄の業火に焼かれて消えればいいのよ。全部……全部焼き払ってやる」

それは白い大蛇だった。

赤い瞳は憎しみの炎に燃えていた。その口から炎を吐き出し、街を燃やしていく。

彼女を見て見ぬ振りをした人々は皆恐れおののき彼女を見上げ、逃げだした。

恋に焦がれた蛇女は、全てを燃やしつくそうと悲しい声をあげていた。


『――頼んだぞ真澄。彼女を救えるのはきっと其方だけだ』

一瞬聞こえたこがねの声――その瞬間、けたたましい鈴の音が響き渡る。

「――っ！」

バネのように視界が元の場所へ一気に戻される。その反動でがばりと起き上がった。

「……っ、なん、だ」

夢？　いや、あれは夢じゃない。俺は確かにあの光景を見ていた。

キヨさんが泣いて、蛇に変わって、街を燃やし始めて――。

両目の奥がずきずきと痛む。頭が爆発してしまいそうな程に痛い。

「――っぐ」

吐き気が込み上げてきてたまらず手近のゴミ箱を手に取ったが、朝からなにも食べていないためなにも出てきやしなかった。

頭が痛い。体が重い。一体今の夢はなんだったんだ。

さっきから警報音代わりの鈴が騒がしく鳴り響いている。幽世でなにかが起きた合図だ。

「……いかないと」

あの夢が現実かどうか確かめないと。

立ち上がった瞬間目眩《めまい》がして倒れた。体調はどんどん酷くなっていく。こがねの力が弱まっている証拠か。

「こがね、大丈夫か……」

声をかけるが返事はない。彼女の気配は微塵《みじん》も感じなかった。

体を引きずりながら障子に手をかけると、目の前に人影が現れた。

「――西渕さん。どうしました？」

百目鬼ちゃんだ。焦っているのか、その声は上擦っていた。

「それ、こっちの台詞。騒がしいみたいだけどなにがあったの？」

「……問題ありません。我々で対処できるので、西渕さんは休んでいてください」

見え見えの嘘だ。今だって鈴の音が止まっていない。

この音は幽世に異変が起きた合図だと、来た日に教えてくれたのは百目鬼ちゃんじゃないか。

「夢を見たんだ。キヨさんが妖魔に堕ちて、街に火をつけた」

「――っ」

百目鬼ちゃんが息を呑む。どうやら図星のようだ。じゃああれは夢じゃないのか。

「キヨさんを止めないと」

「だ、駄目です！　今の貴方が行っても、返り討ちにあうだけ。それに黄金様を危険に――」

再び障子に手をかける。結界が張られているせいか簡単には開かない。

それでも俺は行かないと。さらに力を込めると、障子がガタガタと音を立て始める。

「西渕さん、駄目です！」

「うるさい！　俺は一度知り合った子を放っておけるほど薄情じゃない。それに、こがねにキヨさんを止めてくれって頼まれたんだ！」

ありったけの力を込めると、静電気が走るようなバチバチという音とともに札が破れて障子が開かれた。

「どうして……黄金様が念を込めた札の結界が破られるなんて……」

百目鬼ちゃんが驚いて腰を抜かしていた。

外はすっかり日が暮れ夜になっていた。屋敷の塀の向こうに僅かにぼんやりと見える赤い光は恐らく炎だろう。

「百目鬼ちゃん。俺をキヨさんのところに飛ばしてくれ」

百目鬼ちゃんの両肩を掴み、優しくさとす。

「駄目です。たとえ黄金様の頼みだとしても、危険な場所に向かわせるわけにはいきません！」

「——飛ばしてやれ、百目鬼」

廊下の先から戸塚さんが現れた。俺たちを見て呆れたように溜息をつく。

「こういうのは止めても無駄だ。それに黄金だって非常事態には体を引きずってでも飛び出して行っていただろう」

「ですが……黄金様はそのせいで……」

「こがねは絶対に俺が守る。だから、飛ばしてくれ百目鬼ちゃん」

頭を下げた。百目鬼ちゃんが息を呑む。

暫《しば》しの沈黙のあと、彼女は観念したように「わかりました」と頷いた。

「——戸塚さん、状況は」

「現世千代田区神田駿河台《するがだい》御茶ノ水駅直下、幽世弐番街にて大蛇の妖魔が一体出現。妖魔は火を吐き街を燃やしている。このままでは現世も類焼する可能性がある故、至急三海とともに妖魔の討伐にあたれ」

「──了解」

ネクタイを結び直して姿勢を正す。相変わらず体は重いがやる気だけは満ちていた。

「本当にいいんですね？」

「ああ、やってくれ。責任は俺が持つ」

戸塚さんの最終確認を受けると、百目鬼ちゃんは戸惑いながらゆっくりと目隠しを外した。

「──目標、幽世弐番街妖魔上空。飛ばします！」

百目鬼ちゃんの綺麗な鏡の瞳に自分の姿が映る。俺の意識は彼女の瞳に吸い込まれ、目の前に広がる光景は万華鏡のように美しい。

夜の街に広がる炎。そこに見える大蛇。そして──俺の目の前は白くはじけた。

＊　＊　＊

体に感じる冷たい夜風と熱風。見下ろす幽世の街は真っ赤な炎に包まれていた。

上空にいる俺の真下では白い大蛇——キョさんが暴れていた。

「マスミ⁉　オマエなんできたんだよ！」

「三海、助かった！」

近くを飛んでいた三海が急いで俺を受け止めてくれた。俺は三海に摑まりながら蛇を指さす。

「あの妖魔はキョさんだ。なんとかして暴走を止めないと！」

「はあっ⁉　アレがキョだって⁉　冗談だろ！」

三海が大声を上げたせいで大蛇がこっちに気付いてしまった。三海を視界に捉えた瞬間、蛇の瞳が真っ赤に光り俺たち目がけて火を吐き出してきた。

「うわっ！」

「あっち！　羽が燃えちまう！」

『——憎い、憎い。憎い憎い！』

キョの嘆きが聞こえる。彼女は明らかに三海を狙っていた。

「キョは自分を捨てた男を憎む気持ちが高ぶって妖魔に堕ちた！　お前も狙われてるんだよ！」

「マジかよ！　じゃあオレがキョの傍にいたら火に油注いでるようなもんじゃねぇか」

「だからいったろ、いつか痛い目見るって！」

俺たちはやいのやいのと騒ぎながら白蛇の攻撃をかわし、少しずつ距離を置く。妖魔の図体《ずうたい》がでかいせいか動きは鈍い。素早い三海のほうが有利だ。

「幽世って消防隊とかいるのか？」

「ああ。既に火消しが動いてる。それと、ヒバナの姐さんも動いてくれてる」

「ヒバナさんが？」

「ああ。姐さんは火蜘蛛の頭領。火蜘蛛の糸は火に強いからな、街のあちこち蜘蛛の巣だらけだよ」

三海が指さすほうに視線を向けると、建物を火から護るようにぴっちりと巨大な蜘蛛の巣が張り巡らされていた。

「子供たち！　テキパキ動くのよ！　早くしないと街が燃えるわ！」

よく通る声が聞こえた。少し先の屋根の上に、見覚えのある黒髪の女性が立っていた。上半身の着物をはだけさせ胸にサラシを巻いて指示を出している――あれはヒバナさんだ。

三海は攻撃をかいくぐりながら、彼女のもとへ向かった。

「姐さん！　火事の被害はどうだ！」

「三海。あら、真澄も出てきてたのね。今は子供たちが頑張ってくれてる。私たちができるのは火から建物を守ることだけ。一度燃えてしまったらどうすることもできないわ。江戸の大火の悪夢再来って感じよ」

街の至る所に蜘蛛がいる。ヒバナさんの子供と呼ばれている子分たちだろう。

彼らはせっせと蜘蛛の巣を張り、街を火から守っていた。

「どうする、マスミ。オレが行ったらキヨは暴れるんだろう」

距離が離れても姿が目視できるほど妖魔化したキヨは巨大だった。

今は三海の姿を見失ったのか少し落ち着いているみたいだけれど、またいつ火を噴くかわからない。

その時、遠くから沢山の足音が近づいてきた。よく見ると、編《あ》み笠《がさ》を被り布で目隠しをした狩衣《かりぎぬ》姿の人たちがぞろぞろと行進していた。

「……まずい」

彼らの姿を目にとめたヒバナさんが眉をひそめた。

「あの人たち、誰ですか?」

「あれは『朧衆《おぼろしゅう》』。偃月院お抱えの妖魔討伐集団だ。アイツらの手にかかればどんな妖魔もひとたまりもなく消滅させられる」

「消滅……って。殺されるってことか!?」

ヒバナさんたちが頷く。

「朧衆たちは感情を持たない。いかなる事情があろうとも、目の前の妖魔を滅するために作られた戦闘集団よ。あんなに大勢で出てくるのは珍しいけどね」

ざっと見て十人以上はいる。どれも体つきが大柄で、如何《いか》にも強そうなオーラを放っている。人とも、そしてあやかしとも思えない。人形のように無機質で不気味に感じた。

「三海と弱体化している真澄二人で彼女を相手するのは荷が重いわ。今回ばかりは偃月院に任せるのが一番ね」

「でもそうしたらキヨさんがあの朧衆とかいう奴らに殺されてしまう！」

「……はぁ？　あの妖魔がキヨなの!?」

ヒバナさんが目を丸くする。俺が知っている情報を話すと彼女は悲しそうに頭を抱えた。一緒に酒を飲んだ仲だ。きっとヒバナさんなら協力してくれるはず――。

「……気持ちはわかるけれど。それは無理よ、真澄」

諦めなさい、とヒバナさんは厳しい表情で告げた。

「どうして……」

呆然とする俺に、三海が頭をかいた。

「助けたい気持ちはオレたちも一緒だよ。でもな、マスミ。一度妖魔に堕ちちまったあやかしは、元には戻らないんだ」

「でも伊吹は戻っただろ！」

「あれは……完全に暴走する前だったから運がよかっただけだ。だけどキヨは違う。もう我を忘れて暴走して街に被害を出しちまった。残念だけど……助けられないよ」

諦めろ、と肩を叩かれた。

誰も口を開かなかった。俺たちの足下を、朧衆たちが通り過ぎていく。

燃える街。その炎の中心には、白蛇——キヨがいる。

「……キヨさんは、泣いていたんだよ」

彼女は恋に破れて泣いていた。誰だってこっぴどく振られたら相手を恨み、絶望の淵に沈むだろう。確かに彼女は暴走しがちなところはあったが、相手の気持ちに寄りそえる優しい子だ。そんな子が殺されていいわけがない。

「こがねに、キヨさんを救ってくれって頼まれたんだ」

夢の最後、弱った声でこがねに彼女を託された。彼女がいうのだから、俺にしかできないことがあるはず。伊吹だって止められた。絶対になにか方法はあるはずなんだ。

「やってみなきゃわからない。泣いてる女の子がいたら手を差し伸べるのがいい男の条件だろう。三海」

俺と目があうと三海は参ったな、と頭をかく。

「なにか勝算でもあるのかよ」

「ない。けど、どうにかする。俺をキヨさんのところまで連れて行ってほしい。あいつらより先に、彼女を止める」

「――しゃあねぇな。今度なんか奢れよ？」

そして三海は俺を抱え飛び立った。

「貴方たちなに考えてるの!?　危険だから戻りなさい！」

「悪いな姐さん、男はみんなバカなんだわ！」

ヒバナさんの制止を振り払い、俺たちは再びキヨのもとへと向かった。

「彼女の死角になるように橋の上に下ろしてくれ」

「わかった」

橋に近づくと三海は低空飛行でキヨさんに気付かれないように俺を地面に降ろしてくれた。

「なんかあったら助けにくる。無理はするな！」

「ああ。ありがとう！」

俺は飛び去っていく三海を見送って、キヨさんのほうに視線を向けた。

「――キヨさん！」

こそこそしても仕方がない。俺は正面から彼女の名前を呼んだ。

「――男」

俺の姿を視界にいれた途端キヨさんの目が見開かれる。

「憎い！　男は全て燃えてしまえ！　地獄に堕ちろ！」

こちらに向けて火を噴いてくる。炎は俺の真横を掠《かす》めた。それだけで体がじりつくほど熱い。

「マスミ！　やっぱ無理だ、離れろ！」

「いい。大丈夫だ！　俺を信じてくれ」

助けようとしてくれる三海に手で合図をして、俺はキヨさんのほうへ足を向ける。

体が重い。一歩進むだけで倒れそうになる。人間の体はこんなに重かったっけ。

「ふーっ……ふー……」

キヨさんも暴れたおかげでスタミナが切れかけていた。口からでる火は弱まり、呼吸も荒くなっている。

「落ち着いて、キヨさん。俺だ。西渕真澄だよ。なにがあったんだ」

「みんな、みんな私を捨てていく！　重いって、私を愛してくれる人なんかいないって！　憎い！　この世の全てが憎い！」

口調は荒いが言葉は通じる。ならまだ、助ける手立てはあるはずだ。

「キヨさん、話をしよう。俺たち、失恋仲間だって……いってたじゃないか」

「近寄るな！　真澄くんだってどうせ、私を見捨てるんだ！　面倒臭いって、重い女だって思ってるんでしょう!?」

さらに一歩近づくと、キョさんに締め上げられた。

「――ぐっ」

体が締まる。息ができない。肋骨が、内臓が出してはいけない音を発している。

体に力が入らない。このままでは殺されてしまう。霞みはじめた視界でキョさんを見上げた。

「――開眼」

微弱だけど千里眼はなんとかつかえた。薄《うっす》らと彼女の額に見覚えのある紋様が見える。赤い四つ巴の紋――ああ、そうか。彼女も誰かに苦しめられていたんだ。

「キョさん……辛かったな……」

なんとか腕を引き抜いて、その白い体を撫でた。

「そんな風に暴れてたら誰も話なんか聞いてくれなくなっちゃうよ。それこそみんなに見捨てられちゃうぞ」

撫で続けると、圧迫感が消えさった。どうやら拘束が解けたらしい。

気付くとキョさんは蛇から元の姿に戻っていた。

「……どうすればいいかわからないよ、真澄くん。真澄くんが私を慰めてくれる？ずっと一緒にいてくれる？」

彼女の顔は涙でぐちゃぐちゃだった。俺は苦笑を浮かべながら、キヨさんを抱きしめて慰めるように頭を撫でる。

「俺は君の恋人にはなれないし、ずっと一緒にはいてあげられない。でも、辛いときは頼っていいし話くらいなら幾らでも聞く。それに……もし川に飛び込みたくなるくらいしんどくなったら、そんときは一緒に飛び込んでやるからさ」

「——え」

「だから、少し頭冷やせよ——キヨ」

目尻に浮かぶ涙を指で拭い、俺はキヨの額の紋様目がけてデコピンした。

そしてそのまま彼女を抱きかかえ、橋の上から川に飛び込んだ。

かなりの高さだ。水面に当たった体が痛い。おまけに冬の川の水温は低すぎた。

だけど、熱くなった頭を冷やすには十分だろう。

(——キヨ、戻ってこい)

そう願いを込めて彼女を見つめると、その額に浮かんでいた紋様がガラスのように砕けて消えていくのが見えた。

「——ぷはっ！」

もがいて水面に顔を出す。腕に抱えたキヨは意識を失ってぐったりしていた。

俺も俺で体力の限界を迎えていた。このままでは溺れてしまう、と身の危険を感じたとき誰かが勢いよく俺たちを川から引っ張り上げてくれた。

「おう、色男。いい飛び込みだったぜ」

助けてくれたのは三海だった。

「ったく……誰のせいだっての。これに懲りたら女付き合い改めてくれ」

「はは……面目ねぇ」

河原にあがり呼吸を整えながら、頭上を見る。

さっきまで炎に照らされていた街は暗くなっていた。

「……火、消えたのか？」

「ああ。オマエらが川に飛び込んだ瞬間に全部消えたよ」

「……そうかぁ。よかった」

ほっと息をつく。三海は信じられないように眠っているキヨを見た。

「まさか本当に止められるなんて驚いた。どんな絡繰《からく》り使ったんだ？」

「いや俺はただ額に見えた赤い――」「――ますみ、くん？」

俺の言葉を遮ったのはキヨの声。どうやら目が覚めたようだ。いつものような可愛らしい表情で俺を見上げてくる。

「おはよう、キヨ。頭は冷えたか？」

「真澄くん……ありがとう！」

「ああっ!?」

次の瞬間、キヨが抱きついてきた。

「命をかけて私を助けてくれるなんて！　あなたが私の王子様よっ！　愛してるわ！　結婚して！」

「それは無理っていっただろ！　重い！　そういうアレじゃない！」

「なによ照れちゃって！」

ぐりぐりと頭をすり寄せられる。これは面倒な奴に好かれてしまったかもしれない。

「──西渕」

よく通る冷静な声。顔をあげると、戸塚さんが立っていた。

「幽世の火事は収まった。だが彼女は一度妖魔に堕ち、幽世に被害をもたらした。何故《なぜ》か今は元に戻っているようだが……偃月院が彼女を保護するようだ」

「待ってください。キヨの額にも妖術の紋が見えたんです。彼女も妖魔に操られていただけかもしれない」

「それを調べるために、彼女を偃月院の監視下におく」

戸塚さんの背後には先程ヒバナさんが教えてくれた朧衆という人物たちがずらりと

並んでいた。

「――そうよね、沢山の人に迷惑かけたんだから当然よね」

俺に抱きついていたキヨは観念したように立ち上がり、朧衆たちに歩み寄った。

「――縛《ばく》」

以前俺がされた拘束具がキヨの腕につけられる。そして朧衆に囲まれ、彼女は歩きだした。

「キヨ！」

呼び止めるとキヨは足を止め振り返った。

「……真澄くん。一つ思い出したことがあるの。妖魔に堕ちる時ね、なにかに感情を無理矢理揺さぶられたの」

「え」

「頭の中が真っ赤になって、怒りや憎悪でいっぱいになった。堕ちてこいって頭の中で手招きされるの。その声には絶対に逆らえない」

気をつけてね愛しい人、とキヨは笑顔で手を振って消えていった。

「戸塚さん、キヨはどうなるんですか」

「本当に操られていたとなれば、彼女も被害者だ。偃月院も乱暴にはしないだろう」

戸塚さんも心配そうにキヨの姿を見つめていた。どうか彼女が無事に解放されることを祈るばかりだ。

「……さて。俺と三海はこのまま事後処理に入る。西渕、君はもう帰れ」

「おう、後はオレたちに任せてゆっくり休め」

三海に肩を叩かれた。

「じゃあ……お言葉に甘えて失礼します」

「西渕、よく妖魔を止めてくれた。よくやった」

戸塚さんが珍しく褒めてくれた。その言葉がとても嬉しくて俺は自然と笑みを零し、胸を張って帰路についた。

＊　＊　＊

「へっくしゅん！」

帰り道。大きなくしゃみを一つ。体が凍えて、とても気怠かった。

「こりゃあ風邪引くな……」

腕をさする。真冬に川に飛び込んだせいだ。寒すぎて歯ががちがちと音をたてる。

見上げた空は真っ暗だ。ああ、そういえば今日は新月だったな。

「……こがね、大丈夫か？」

相変わらず返事はない。よほど具合が悪いのだろう。自分の中に彼女の気配を感じ取れない。俺が無理をしたせいでこがねに負担がかかってしまったのだろうか。

川沿いを進むが、歩くほどに足取りが重くなってくる。水を吸った服が重いせいだけじゃない。これはいつ倒れてもおかしくない。せめて本部に帰るまでは持ちこたえないと。

「悪いな。帰ったら、すぐ温かい飲み物を――」

ふとなにかの気配がして顔をあげた。

頭上に見えるのは駅のホーム。場所的に丁度御茶ノ水駅あたりだろう。そこの線路に誰かが立っている。

「……人？」

なんであんなところに人が。目をこらすと、その人影の体が傾き真っ逆さまに落ちてきた。

思わず目を丸くする。人影はどんどんこちらに近づいてくる。金色の髪、頭に生えた狐の耳――あやかしだ。

「――こがね？」

降ってきたのはこがねによく似た人物だった。頭から落ちていた彼女はくるりと身を翻し、上手に俺の前に着地した。

「こがね、なのか？」

目の前に立つ人物はこがねだった。なんでこんなところに彼女が。でも、こがねは俺の中で眠っているはずで。でも、返事がないってことはいつの間にか俺の外に抜け出していたのか？

体調が悪すぎて頭がまともに働かない。

「こがね、お前なんでこんなところにいるんだ。大丈夫か？」

話しかけても彼女は微笑んでいるだけで返事はない。

彼女の銀色の瞳が俺を映している——ん？　銀色？

「こが——！」

その瞬間、衝撃が走る。気付けば川の浅瀬に吹っ飛ばされていた。

「……っ、は」

咳き込む。なにが起きたか分からない。

顔をあげる。やはり目の前に立っているのはこがねだ。彼女で間違いない。

「こがね？　一体どうしちまったんだよ」

「うるさいな……キミがその名前を呼ぶなよ」

ようやく彼女が口を開いた。鋭い瞳で睨まれて体が竦む。

——違う。目の前の彼女の瞳は銀色だ。俺が知るこがねの瞳は金色。目の前にいるのはこがねじゃない。

「気に食わない。なんで人間から黄金の匂いがするのかなぁ!?」

「……誰だよ、お前」

俺はワケがわからずこがねに似た人物をにらんだ。

彼女は髪をかきあげながら殺気のこもった瞳で俺を射貫いた。

「操術眼《そうじゅつがん》――開眼。ひれ伏せ、人間」

その瞬間、俺の体は勝手に地面に張り付いた。体が自由にならない。一切の抵抗ができなかった。

「――そのまま自分の頭を地面に打ち続けろ」

前髪を摑まれ目をあわせると、その人物は冷酷に命じた。

俺の体は勝手に額を思い切り地面に打ち続けた。

「あはは！　最っ高だね!!」

目の前で狐が愉快に笑っている。

ごつごつと嫌な音が聞こえてくる。地面に血が流れ出す。駄目だ、このままじゃ死んでしまう。だけど、止められない。体が、いうことを利かない！

「――っぐ」

最後に頭を地面に強く打ち付け、体から力が抜けた。

もう動けない。頭を打ち付けすぎてくらくらするし、血を流しすぎて目はかすんで。

「……もう終わり？　つまらないなあ……あーそっか。今日は新月だもんね」

ソイツはつまらなそうに俺の頭を足で踏みつけてきた。

そして再び俺の髪を持ち上げて、顔を覗き込んでくる。

「ねぇ、黄金。聞こえてるなら出てきてよ。コイツもろとも殺すから」

こがねによく似た、冷酷な表情。一瞬彼女に傷付けられたのかと錯覚してしまう。

違う。こがねじゃない。彼女は俺の中にいる。俺の中で眠っている。

『黄金様になにかあったら許しませんから』

俺が死ねば必然的に彼女も死ぬのか？

それは駄目だ。百目鬼ちゃんと約束した。こがねは絶対に守ると誓った。弱っていたはずのこがねはさっきだって俺に力を貸してくれたんだ。いつだって、彼女は俺を助けてくれた。

意地でも死なない。死ぬものか。絶対にこがねは殺させない。俺は、こんなところで死ねない！

その瞬間、俺の頭の中でなにかが弾ける音がした。

「――殺させねぇよ」

「なに、その目」

俺は目を見開いて目の前のあやかしを睨む。ソイツの周りはどす黒いモヤで覆われていた。それだけじゃない。札、鎖、色々なモノで雁字搦《がんじがら》めになっている。

「……お前、可哀想だな。苦しくないのか」

「――は？」

とても苦しそうだからそういった。けれどソイツは俺の言葉が気に食わなかったらしい。目をつり上げ、髪を逆立たせ俺を睨み上げてくる。

「お前もういいや。さっさと死ねよ、死に損ない！」

ソイツはかっと目を見開く。俺に術をかけたのだろう。だけど、俺に変化はない。

「……どういうこと？」

ソイツの表情がはじめて驚きに歪んだ。

その表情がなんだか無性に可笑しくて、俺はくつくつと笑いだす。

「死ぬのは……お前のほう、なんじゃ……ナイか？」

額に流れる血を拭い、狐に向かって手を伸ばす。するとソイツはなにかに怯えたように俺から距離を取ろうとする。

「逃がすかよ」

それよりも早く俺が地面を蹴った。すぐに距離は詰まる。

あれ、コイツこんなに遅かったっけ？　まぁ、いいや。俺はそのまま思い切りソイツの頭を蹴り飛ばした。

「――っ、コイツ！」

狐は咄嗟に腕で額を守ったようだが、そのまま石壁に体をめり込ませた。

ボールみたいに飛んでった、ははっ、傑作だ！

「……ははっ。面白いな」

頭がすっきりしている。視界が開けて、力が湧いてくる。なんだかとても気持ちがいい。

「お前……黄金を……」

狐の顔が怒りに歪む。だけど全然恐ろしくない。むしろ小動物に威嚇されてるみたいで面白かった。

やれる。今なら……コイツを殺せる。

「お前さぁ……誰を殺すって？」

地面を蹴った。水の上を走るように、俺は狐に近づく。そしてその首を絞めた。

「――っ、は。暴走……かよ。半妖の、分際で……！」

「なぁ、答えろよ。誰が、誰を殺すって？」

体の中に力が循環していく。

指に力を込めると狐の首が絞まっていく。その顔が苦痛に歪んだ。ああなんて気持ちがい──。

「あー……でも殺す前にやられた分、やり返さなくちゃナァ!?」

「っは！　いいよ、そのまま感情に身を委ねろ！　半妖が堕ちたらどうなるんだろうな！」

『──すみ』

遠くから声が聞こえた。

『真澄。これ以上は、だめだ！　戻れ！』

苦しそうな黄金の声。その瞬間、俺の意識は引き戻された。

「──っは！」

急に体が重くなった。一気に重力がかかったみたいに地面に膝をつく。

指一本も動かせない。力が急激に落ちていく。呼吸が速まって、汗が噴き出た。

「……っぐ、はっ！　はあっ！　げほっ！」

息ができない。咳き込んだら指のすき間から血が吹きこぼれた。

「……なんだつまらない。もういいや、お前死ねよ」

狐の声が頭に響く。手が勝手に動き出して、自分の首を絞めていく。

そうか、コイツはこうやってみんなを操っていたのか。

「──っ」

もう駄目だと思った瞬間、空から人が落ちてきた。

閃光のように俺と狐のあいだに割って入る。

「はい、そこまで」

俺を庇うように立った金髪の男。手には札が大量に貼られ、ぼこぼこに歪んだ鉄パイプ。

「お前……」

狐の表情が苛立ちに歪む。

「——やぁ、久しぶり銀《ぎん》。昔のよしみだから大目に見てたけど、これ以上は見過ごせないなぁ」

呑気な声で笑いながら、彼は鉄パイプを構えた。

着崩したスーツ。耳には沢山のピアス。そして明るすぎる金髪。いかにもな不良だ。

その男を見た途端、狐は俺たちから距離を置いた。

「あれ？　逃げるの？　キミをたこ殴りにできる絶好のチャンスだったのに」

「君とまともにやりあったら勝ち目はないよ。今夜はもう帰る。また近いうち、顔をだすよ。伝えたいこともあるしね」

そしてこがねそっくりの狐はにっと微笑みを浮かべ、風のようにその場から消えた。

その瞬間威圧感が消え、俺は力なくその場に倒れていく。

「……よっ、と」

体が地面につく寸前で金髪の人が俺を受け止めてくれた。

「よく戻ってこられたね、新入り君。もう少しでキミを殴らなきゃいけないところだった」

にこりと笑って物騒なことをいわれた。黒いスーツの襟元に、戸塚さんと同じ月紋のバッジが見える。

「——あなたは」

「僕は九十九《つくも》恭助《きようすけ》。幽世公安局公安特務課所属。西渕真澄くん、キミの先輩だよ」

九十九——まさかこの人がもう一人の先輩。

それ以上俺の頭は回らなくて、意識はそこでブツンと途切れてしまった。

第肆話　百鬼夜行と二人の天狐

『──真澄《ますみ》』

誰かが俺を呼んでいる。

空に浮かぶ満月。その真下には、荘厳な赤煉瓦の駅舎──東京駅。

そこに俺は一人で立っていた。周囲には誰もいない。

『──西渕《にしぶち》、真澄』

また名前を呼ばれた。今度は背後から違う声で。

振り返ると、そこには大きな狐がいた。大型犬よりも大きくて、体より大きな尻尾は四本に分かれ揺れている。

俺にはこんな記憶ない。でも、俺の中にいる彼女の記憶でもなさそうだ。

(お前は、誰だ)

声は出なかった。狐の銀色の瞳が俺をまっすぐ見据えている。

『──助けて』

それはどちらの声だったのだろう。

『──真澄、真澄！』

上から声が降り注ぐ。俺を呼ぶ声は満月のほうから聞こえていた。

視線を逸らしたわずかな隙に、銀の瞳の狐は消えていた。それだけじゃない。いつのまにか東京駅も消え、俺は一人闇の中に立っていた。

（なんだ……）

足元が闇に消えていく。このままじゃ、闇に飲み込まれてしまう。

光が恋しい。俺は満月に向かって手を伸ばす。

『真澄、戻ってくるんだ！　逝ってはいけない』

伸ばした手を掴まれる感触。ひんやりしていて、柔らかい小さな手。この手の感触は――彼女だ。

その手に引き上げられ、俺の体は宙に浮く。いや、もうそこに地面はなかったかもしれない。

『――さっさと起きろ、この寝ぼすけ』

叱咤《しった》の声と一緒に、美しい金髪が頬を撫でた。

眼前に迫る美しい月。その黄金の中に体が吸い込まれていく。

闇が消え、眩しい光が目の前で弾けた。

『――――』

『――ようやく起きたな。寝ぼすけめ』

目を開けるとちんちくりんな子狐が俺を見下ろしていた。

ああ、こがねだ。やっと会えた。久々に顔を見られたことが嬉しくて笑みがこぼれる。

「……こがね、大丈夫なのか？」

声が嗄《か》れていた。口の中がからっからに渇いて、とても痛い。

『それはこちらの台詞だ、バカモノ！』

こがねは安心したのか表情を緩め、俺の肩口に額をこすりつけてきた。

「なに泣いてんだよ。俺のこと心配してくれてたのか？」

「泣いてない。目にゴミが入っただけだ」

俺は布団の上に寝ているらしい。頭がまだぼんやりとしていて、特に目が痛い。なんとか腕を動かしてこがねの頭に触れた。

ふわりとした柔らかい毛の感触。こがねが傍にいる。ようやく彼女の存在を実感できて、俺はようやくほっと息をついた。

「あ、起きた？」

穏やかな空気に割りいる、緊張感のない陽気な声。

視線を動かすと、金髪の男性が壁に凭《もた》れながら手を振っていた。

「おはよ。気分はどう？　西渕くん、二週間も眠ってたんだよ」

「二週間……？」

記憶を辿ろうとすると、目に激痛が走って目をおさえた。

場面がスライドショーのように切り替わる。

妖魔に堕ち、火を噴く大蛇に化けたキヨ。炎に包まれる幽世《かくりよ》弐番街《にばんがい》。その騒ぎが収まったと思えば、俺はこがねによく似た狐の妖魔に襲われて――。

「――っ！」

全部思い出した。記憶に驚き飛び起きた瞬間、腹に痛みが走りそのまま前のめりに倒れ込んだ。

「無理して動かないほうがいいよ。半妖《はんよう》だから助かったけど、人間だったらとっくに死んでる。金《きん》ちゃんが憑いてたことに感謝だね」

金髪の人は微笑みながら俺の顔を覗き込む。

耳に揺れるピアス。着崩した黒スーツに、胸に輝く金バッジ。確かこの人、俺のことを妖魔から助けてくれたような――。

「その様子だと僕のこと忘れてる？　まぁ、意識朦朧《もうろう》としてたし仕方ないか。僕は九十九《つくも》恭助《きょうすけ》。京都出張行ってた特務課の人間。キミの先輩だよ。よろしくね、西渕真澄くん」

人懐こそうに差し出された手を摑むと、元の位置に寝かせてくれた。

「……金色の悪魔」

一瞬空気が凍り付いた。

「す、みません。その、三海たちがそう呼んでいたので」

「あはっ、なにそれ。僕そんな怖い感じで呼ばれてるの？　物騒だなぁ」

三海《みうみ》たちがいっていたあだ名を思わず本人の前で呟いてしまってはっとする。

九十九さんは不満をたれるが、相変わらずにこにこと微笑んでいる。

「あの……俺が起きるまでずっとここに？」

「うん。西渕くんが暴走したらいつでもぶっ殺せるようにね」

その笑顔に背筋が凍り付いた。というか目が一切笑ってない。なんなんだこの人。

彼のすぐ脇には武器がおかれている。札が無数に貼られた鉄パイプだ。使い古され歪んだそれは、明らかに異質な気配を放っていた。あれで殴られたら絶対にただではすまない気がする。

俺が顔を引きつらせていると、九十九さんは「冗談だよ」と笑った。

『九十九。病み上がりの相手に笑えない冗談はよせ』

「えー、僕が可愛い後輩殴るようなヤツに見える？」

『真澄が目覚めたら戸塚《とつか》を呼びにいく約束だったのではないか？』

「相変わらず金ちゃんは冷たいなぁ。まぁいいや。稔《みのる》さんたち呼んでこよーっと」

よいしょ、と九十九さんは立ち上がり鉄パイプを担いで部屋を出ていった。陽気な鼻歌が遠ざかっていくと、俺はようやく息をつけた。

「……あの人、一体何者なんだ」

『悪い人間ではないが、食えない男だよ。心底妖魔を嫌っているし、おまけに戸塚のいうことしかまともに聞かない』

「……はは、そりゃあ金色の悪魔って呼ばれるわ」

だからいったろう、と俺の枕元に座りなおすこがね。なんだかいつもより目線が近い気がする。

「……こがね、なんか前より小さくなった？」

『ああ……妖力を使いすぎたからだろう。真澄の命が危なかったからな』

「ごめん……俺のせいで」

最近ようやく力が安定してきたのか、人型の姿になる機会も多くなっていたというのに。申し訳ない気持ちでいっぱいだ。

『いいや。謝るのは私のほうだ。また、私のせいで其方を巻き込んでしまった』

こがねが申し訳なさそうに頭を下げる。一体彼女はなにを思い悩んでいるんだろう。

「なぁ、こがね。俺さっき夢を見てたんだ――」

「――入るぞ」

俺が話し始めたタイミングで戸塚さんが部屋の中に入ってきた。

「真澄！　よかった目が覚めたのね！」

「おう、意外と元気そうじゃん」

その後に続いてヒバナさん、三海、九十九さんがぞろぞろと入ってくる。

「……百目鬼《とどめき》ちゃん」

一番最後にいたのは百目鬼ちゃん。彼女は廊下に立ったまま、じっとこちらを見つめていた。

きっと彼女は怒っている。あの火事の日、俺は『必ずこがねを守る』と約束し、無理をいってキヨのもとへと転移させてもらった。あれだけかっこつけたというのにこのザマだ。怒られて当然だ。もう口もきいてくれないかもしれない。

「百目鬼ちゃん。約束破ってごめん。俺……こがねを危険な目にあわせてしまった」

「……いえ、ご無事でよかったです」

頭を下げると返ってきたのは意外な言葉。思わず「え」と目を瞬かせて顔をあげると、百目鬼ちゃんはすぐにそっぽを向いた。

『全く、素直じゃないな。ずっと真澄のことを心配していたくせに』

「黄金《こがね》様を心配していただけで、西渕さんを心配していたわけではありません！」

こがねにからかわれた百目鬼ちゃんはさらにへそを曲げてしまう。とにかく、彼女に嫌われていないようで安心した。

「あの……弐番街の火事は大丈夫だったんですか？」

「ああ。君が妖魔を止めたと同時に火が消えたんだ。燃えていた場所もヒバナのお陰で被害は最小限に抑えられた。多少の怪我人こそいるが、死者は一人もいない。現世《うつしょ》にも影響はなかった。上出来だよ」

「……よかった」

みんなが無事でよかったとほっと胸を撫で下ろす。けれど、俺の横に座る戸塚さんの表情は浮かない。

「その事後処理に追われていたせいで西渕のカバーに回れなかった。あの時、誰か一人でも君の傍に置いておくべきだった。俺の判断ミスだ。申し訳ない」

なんということか。戸塚さんが俺に頭を下げている。

「ちょっ……頭上げてください！　俺は大丈夫ですから！」

怪我をしたのは完全に俺の力不足だ。それに妖魔が襲ってくるなんて誰も予期できなかったのだから、戸塚さんの責任じゃない。

みんながぎょっとしているし、なにより九十九さんが笑顔で睨んでくるから早く頭を上げてほしい。

「――君を襲った妖魔のこと、なんだが」

頭を上げた戸塚さんの口は珍しく重たげだった。

「ああ……えっと。狐の妖魔でした。長い金髪で、毛先が白くて。顔が……こがねにそっくりだったから。俺、最初こがねだと思って油断してしまって。もしかしたら、敵が知ってる人に姿を変えて隙を突くのかも――」『違う』

俺の言葉を遮ったこがね。なにかいいたげだけれど、押し黙ってしまう。

「西渕くんを襲ったのは銀《ぎん》ちゃんで間違いない。僕のことも分かってたしね」

壁に凭れていた九十九さんが代わりに喋る。そういえば、あの時二人で親しげに話していたような。

「……知り合い、なんですか？」

「え。なに。まさか、銀ちゃんのこと話してないの？」

俺の言葉に九十九さんは驚いて目を丸くした。答えを求めるように周りを見ると、みんなが気まずそうに視線を逸らす。一体どういうことだ。銀って、誰だ。

「西渕、君を襲った者の名前は天狐神白銀《てんこのかみしろがね》という」

「天狐って……」

聞き覚えのある名前に、俺は傍にいたこがねを見た。俯いていた彼女はようやく重苦しそうに口を開く。

「……白銀は、私と対を成す高位のあやかし。少し前まで特務課に属し、私と組んで妖魔と戦っていた……仲間だった」

「あいつが……特務課に？」

一瞬こがねのいっていることが理解できなかった。

「西渕がここにくる半年前、白銀は妖魔に堕ち行方をくらましていた。我々と偃月院《えんげついん》は白銀の行方をずっと捜していたんだ」

いつか戸塚さんが今はいないメンバーがもう一人いる、といっていたことを思い出した。

そうか、このなんともいえない空気の正体は俺を襲った妖魔がかつての仲間だったから、なのか。

「そしてこれは先程判明したことだが、これまで討伐してきた不審な妖魔から検出された妖術の残滓と、白銀の妖術の残滓が一致した」

「……じゃあ、この騒動の黒幕はシロガネだったってことかよ」

みんなが息を呑む中、三海は悔しげに前髪をかきあげる。

「白銀は『人心掌握』の妖術に長《た》けていたからね。きっと風神の伊吹《いぶき》や、キヨを唆《そそのか》して負の感情を煽った可能性が高いわね……なんでそんなことを」

ヒバナさんが苦しそうに溜息をつく。

かつての仲間の裏切りをみんな納得して受け止めている。驚いた様子はない。

「みんな知っていたんですか？　この騒動の黒幕がその白銀って人だったってことを……最初から」

「そうではないと、思いたかったです。でも……これまで検出された赤い四つ巴の紋は、白銀様の妖紋《ようもん》ですから」

百目鬼ちゃんの返答に、俺の心は冷えていく気がした。

「……俺だけが、なにも知らなかったんですか」

思わず口をついた言葉に、皆が悲しそうに目を伏せる。

「どうして俺には教えてくれなかったんですか」

「西渕はここに来たばかりだった。それに、元はといえば現世《うつしよ》と幽世《かくりよ》との事故に巻き込まれた一般人だ。そこまでの情報を話す必要はないと俺が判断した」

淡々とした戸塚さんの口調にはじめて怒りが込み上げた。

「俺……碌《ろく》な説明もされず、ワケもわからないままここで一ヶ月頑張ってたんですよ。それなのに、今さら俺だけ除け者って……そりゃああんまりじゃないっすか」

裏切られたような気がした。

ある日突然死にかけて、お前はもう人間じゃないとかいわれて。知らない世界に連れてこられて、とんでもない化け物と命がけで戦ってきたっていうのに。

「西渕くんさぁ……キミなんか勘違いしてない？」

緊迫する空気を引き裂いたのはここでも緊張感のない九十九さんだった。

「大怪我して自分の立場も忘れちゃったの？　いいかい、キミはただの監視対象者であって、公安局特務課の正式な局員じゃないんだよ？　キミは最初から部外者だ」

凍えるような冷たい笑顔。笑っていない目は殺気を孕《はら》んでいて、動けなくなる。

「本来ならキミは偃月院の狭い牢屋《ろうや》で自由もないクソみたいな幽閉生活をする予定だった。でも、キミはそうなってない。なんでだと思う？」

九十九さんが近づいてくると俺と目をあわせるようにしゃがみ込んで、肩に手をのせられた。

「それは戸塚課長が上に何度も何度も掛けあってくれていたからだ。それだというのに課長を責めるのはお門違いじゃないかなぁ？」

「――っ」

怒りに目を見開く九十九さんの手に力がこもる。骨が軋《きし》む音を立て、激痛が走る。

『九十九、やめろ！』

こがねが間に割って入るが、九十九さんは止まらない。このままじゃ肩の骨が折れそうだ。

「やめろ九十九。西渕は被害者だ。彼に非はない」

「……稔さんは本当にお人好《ひとよ》しですよねぇ」

戸塚さんに止められ、ようやく九十九さんは手を離してくれた。

摑まれた右肩が脈打っている。あと少し握られていたら折れていた。どんな馬鹿力なんだ。

俺が悪いのか？　でもちゃんと説明してくれなかった戸塚さんも悪い。

いや、戸塚さんのことだから、なにか事情があったはず。

感情が入り乱れる。このままじゃきっとまた不必要に誰かを責めてしまう。

部屋の空気は最悪だ。なら、ここで出て行くべきは発端である自分だろう。

「……一人で熱くなってすみません。俺、頭冷やしてきます」

痛む体を無理矢理起こした。立ち上がって目眩がするのも気にせず、急いで部屋の外に出た。

『真澄、あまり無理をするな！』

一人になりたかった。けれど、俺の傍にはこがねがいた。

彼女は俺の視界に入るように、動き回る。心配をしてくれているんだ。でも、今はそれすらも鬱陶しかった。彼女の声を無視して、壁伝いに外へ向かう。

誰とも話したくない。今、言葉を発したらきっと毒しか吐けない。誰かを傷つけてしまうから、どうか放っておいてほしい。

『真澄！　戻れ！　そんな体でどこへ行くつもりだ！』

屋敷の門を出ようとすると、こがねは人の姿に化けて俺の前に立ち塞がった。

その容姿は十歳くらいの小さな子供。余程力が足りないらしい。

彼女はこんなにも俺を心配してくれているというのに、その反面いつも肝心なことをはぐらかす。だから余計に腹が立つんだ。

お前だってなにも教えてくれないくせに。

「……え？」

あまりにも小さな呟きは彼女の耳には届いていなかった。

小さなこがねを見下ろす。きょとんとした顔に、その声に苛立ちを覚えた。

ああ、もう駄目だ。抑えられない。

「お前は俺の記憶を勝手に覗いたくせに、俺には自分のことはなんにも教えてくれないんだな。卑怯者《ひきょうもの》」

「――っ」

こがねの顔が歪む。

違うんだ。傷付けたいわけじゃない。こがねを責めたいわけじゃないのに。でも、一度吐き出した感情は収まらない。苛立ちが溢れてくる。

「なんでお前のせいでこんな目にあわなきゃいけないんだよ。俺は普通に生きてただけなのに」

だれか、止めてくれ。俺のこのどうしようもない八つ当たりを止めてくれ。

「──こんばんは」

俺の願いを聞き届けるように、一つ声が増えた。

視線を向けると、前方にこがねと同じ顔をしたあやかしが立っていた。

毛先が白い金色の長髪。悪戯《いたずら》っぽく細められた銀色の瞳──白銀だ。

『白銀……』

「黄金、随分ちっちゃくなったじゃない。今なら簡単に握り潰せちゃいそうだ」

着物の袖を翻しながら白銀は無邪気に手を振っていた。

「お前が白銀なのか」

俺が声を発してようやく白銀が俺を視界に入れた。

「君、まだ生きてたんだ。半妖って意外としぶといんだね。まぁ……でもあの程度で死なれてもつまらないし。生きててくれてよかった」

『白銀、其方どうしてここに』

「自分の古巣に顔出しちゃいけないの？　それとも裏切り者はもう仲間じゃない？」

白銀の言葉にこがねは悔しそうに言葉を呑んだ。

「ま、いいや。今日は戦いにきたわけじゃない。伝えたいことがあったんだ」

『伝えたいこと……？』

すると白銀は空に浮かぶ三日月を指さした。

「次の満月。我々落月教《らくげっきょう》は現世に向け百鬼夜行を行う。目標は現世と幽世の掌握。天に昇る月を落とし、二つの世界を混沌《こんとん》の闇へ変える」

「白銀、其方やはり落月教に堕ちていたのか！」

こがねが毛を逆立たせ叫ぶ。彼女の怒りが伝わってくる。

落月教。妖魔が徒党を組んだ俺たちの敵対勢力。本来こちら側にいるはずだった白銀が悪に寝返っていたなんて。

「これまで色んなあやかしを仲間に迎えてきた。邪魔が入ったこともあったけれど……この半年で十分種はまいた。次の満月にそれが芽吹く」

白銀の両目に赤い四つ巴の紋が浮かび上がる。これまで伊吹やキヨにつけられていた紋様と同じだ。

「お前が伊吹やキヨを操っていたのか！」

「そんなに怒ると皺が増えるよ？　まぁ、君たちの命も次の満月までだろうけど」

白銀は妖しく笑う。

『どういうことだ』

「ねぇ、黄金。東京駅であの夜の続きをしようよ。今度は必ず殺してみせる。二人とも……ね」

白銀の口から東京駅の単語が聞こえた瞬間、俺の体は勝手に動いていた。

「あの夜、お前も東京駅にいたのか！」

胸ぐらを摑み上げると、白銀はにやりと笑った。

「そうだよ。だって君に致命傷を負わせたのはボクなんだから」

「俺を東京駅に呼んだのはお前なのか」

「さぁ、どうでしょう。ボクは君が大嫌いだ。絶対教えてやんないよ」

「……っ、てめぇ！」

こいつの一挙手一投足、全てが癪《しゃく》に障る。苛立ちで胸ぐらを摑み上げる手が震えた。

「っ、ふふ。そうそう。そうやって怒りに身を任せるといいよ。あの時は恭助に邪魔されたけど……君がこっち側にきたらいい殺し合いができるんじゃないかな」

『白銀。図にのるのも場所を考えることだ。ここをどこだと思っている』

こがねの声で少し冷静さを取り戻した。

そうだ。ここは特務課本部の真ん前だ。妖魔の気配を感じたらすぐに誰か出てくるはずだ。

「……ぷっ」

状況は最悪だというのに、白銀は腹を抱えて笑いはじめた。

『なにが可笑しい』

「あはは っ！　傑作だね！　ねぇ、黄金。君どれだけ弱くなってるんだよ。ボクの術中にいることにも気付かないなんてさあ！」

『……其方、まさか！』

こがねがこちらに駆け寄ろうと動き出したその瞬間、白銀は手をぱちんと叩いた。

「──西渕！」

戸塚さんの声が目の前から聞こえた。

俺はまだ白銀の胸ぐらを摑んでいた。余裕ぶっていた顔が嘘のように切羽詰まった表情を浮かべている。

戸塚さんがきた。なんだ、窮地に追い込まれていたのは白銀のほうじゃないか。

「西渕！」

また目の前から戸塚さんの声。そこには白銀しかいないのに──いや、違う。白銀から戸塚さんの声が聞こえていた。

「──な」

瞬きをして、見えた光景に目を疑った。

俺は屋敷の門前で戸塚さんの胸ぐらを掴み上げていた。

首元に当たる鋭い感触。戸塚さんの脇にヒバナさんが立ち、彼を護るように蜘蛛の脚の切っ先を俺の首に向けていた。

「真澄。今すぐ稔から手を離して。可愛い貴方を殺したくない」

「……なんで、戸塚さんが」

信じられない。なにが起きてるんだ。

俺は戸塚さんから手を離し、驚いたまま後ずさる。

状況を確認しようと周囲を見回したとき、耳元でぶおんと風を切る音が鳴った。

「――殺す」

地を這う声。振り返ると、般若《はんにゃ》のような形相で九十九さんが俺に向かって鉄パイプを振り下ろしていた。ぶつかる寸前、三海が間に割って入り、錫杖で受け止める。

「やめろ、キョウ！」

「どけよ三海！　西渕真澄は稔さんに手を出した！　もうアウトだ、僕が殺す！」

「落ち着けって！　マスミはまだ堕ちちゃいねえ！　おい、オマエも早くなんとかいえ！」

三海が叫んでも、俺は混乱してなにも答えられない。

すぐ傍で二人の武器が拮抗《きっこう》している。が、九十九さんが三海の腹を蹴り上げ力が緩んだ隙に武器を振るって彼を弾き飛ばす。庇う人が誰もいなくなった俺めがけ、再び鉄パイプが振り下ろされる。

「やめろ九十九！」

戸塚さんが大声で制すと、俺の額すれすれで切っ先がぴたりと止まった。その向こうには怒りで瞳孔が開ききった九十九さん。あまりの恐怖に俺は腰を抜かす。

「全員、落ち着け。西渕たちは幻覚を見せられていただけだ。そうだろう」

「俺……今、白銀と話していて……」

「ならシロに妖術をかけられた可能性がある。稔さんが狙われるかもしれない、暴走する前に殺しましょうよ」

再び振り上げられた鉄パイプを握り、戸塚さんは九十九さんを睨みつけた。

「九十九恭助。俺はやめろといったはずだ。同じことを二度いわせるな」

「……っ、わかりましたよ」

苛立たしげに舌打ちをして、九十九さんは武器を下ろし俺に背を向けた。

みんな混乱していた。不安と敵意が入り混じった視線が俺に注がれる。

「みんな、落ち着くんだ。ここで我々が仲間割れしたらそれこそ敵の思うつぼだ」

戸塚さんは乱れたネクタイを直しながら、冷静に部下たちを宥めた。

「西渕、黄金。白銀と話していたといったな。なにがあったか状況を説明しろ」

「門を出ようとしたら白銀が現れたんです。それで、次の満月に現世に向かって百鬼夜行を起こすって」

「黄金。幻術を見せられているると気付かなかったのか」

『……すまない。妖力が弱まりすぎて気付くのが遅くなってしまった』

戸塚さんの厳しい声にこがねは申し訳なさそうに肩を落とす。

「……一先《ひとま》ず二人とも無事でよかった。取り急ぎ本部に百鬼夜行のことをつたえなければ――」

なにかに気付いた戸塚さんは言葉を切った。その瞬間、目を開けていられないほどの突風が吹き付ける。

「面倒なのがきやがった」

「こんなときになんの用だっていうのよ」

困惑している三海とヒバナさん。風が止むと、俺たちは見覚えのある編笠の集団に取り囲まれていた。

「――偃月院、朧衆か」

戸塚さんが面倒臭そうに舌打ちをする。

目深に被った編笠。さらには百目鬼ちゃんと同じような紋様が入った目隠し布をつけ、顔は一切窺えない。物言わず、そこに佇むだけの不気味な集団だ。

すると戸塚さんの真向かいに立つ一人が、木製の古いラジオのような機械をこちらに掲げてきた。

《――先程、天狐神白銀から百鬼夜行を行うとの言伝《ことづて》を預かった》

それは聞くだけで身が竦みそうなほど威圧感がある男の声だった。

若くはない。だがけして年老いて枯れた声ではない。一本の筋が通った武者のように凜とした恐ろしくも美しい声だった。

心拍数が上がり、息が詰まる。指一本も動かすことができない。機械越しで相手の顔も見えないというのに、一言でも発すれば殺されてしまいそうなほどの覇気だ。

「落月教は幽世、現世二つの世界を掌握するつもりです。私はこれから本部にその旨を報告し、現世の守護強化に努めるよう通達を――」

《その必要はない。人間たちへの通達は部下がとうに済ませている》

戸塚さんの言葉をその人物は遮った。

「それでしたら何故偃月院の長《おさ》ともあろう貴方がわざわざこのような場所に？」

《ふっ、儂《わし》相手に臆さず話すとは相変わらず面白い人間だな戸塚稔。我らが出向いたのは、そこの半妖と、天狐の片割れを拘束するためだ》

「……と、申しますと」

戸塚さんの目が細められる。長と呼ばれた男は楽しげに続ける。

《天狐神黄金《てんこのかみこがね》は天狐神白銀の内通者の疑惑がかけられている。並びに、半妖の狐憑き西渕真澄には妖魔化の兆候が見られた。これ以上は其方の手に余るだろう。故に、その者たちの身柄を拘束し、偃月院の監視下におく》

「――っ」

はじめて戸塚さんが動揺した。僅かに震える手で眼鏡の位置を直す。

「おいおい、こいつは白銀に襲われたんだぞ。内通者であるはずないだろ！」

「そうよ。それに真澄は今まで何度も幽世の騒動を収めているでしょう。危険性がないのは証明されているはずよ」

三海とヒバナさんが俺を庇うように前に出た。

《儂に楯突《たてつ》こうとはいい度胸をしておるな。己らの立場を忘れたか、若造ども》

その瞬間、すさまじい重力がのしかかり、俺たちは一斉にその場に跪いた。

立っていられない。頭を下げずにはいられない。声だけで俺たちの自由を奪う、この声の主は一体何者なんだ。

（――開眼）

唯一、目だけは動かせた。俺は千里眼をつかい、声の主の正体を探ることにした。

ラジオに意識を集中し、その向こう側を覗き見る。

そこには袴姿の男が座っているように見えた。だけどまだ遠い。もっと、もっと近づけ。少しずつ距離を縮めてみても、その顔は黒い影に隠されている。

《――儂を覗き見ようとはいい覚悟だな、小僧》

目があうとその人はほくそ笑み、手に持っていた扇子をパチンと鳴らした。

その瞬間俺の視界は外に弾き飛ばされた。

「――っぐあああ！」

「西渕っ！」

激痛が走り、両目を押さえる。

痛い。熱い。目を抉り出されたように痛み、熱湯をかけられたように熱い。目の前が真っ赤に染まりなにも見えない。脳が、焼き切れそうだ。

《無知は平気で無謀を起こす。人の子ごときが儂の姿を見ようなどと……不敬を通り越してその度胸に笑えてくるわ》

意識が遠のく中でけらけらと可笑しそうに笑う男の声だけが聞こえてきた。

痛みに耐えているとこちらに足音が幾つか近づいてきて、俺は髪を掴み上げられ体を起こされる。『手荒な真似《まね》はやめろ！』――こがねの声が、聞こえた気がした。

「――縛《ばく》」

その瞬間、俺の意思とは関係なく手が動いた。

両手足がずしんと重くなる。重くて冷たくて、禍々しい。どうやら拘束されたようだ。

「……くそ」

体が動かない。目も見えない。なにが起きているか分からない。

俺は誰かに乱暴に体を担ぎ上げられ、どこかに運ばれていく。だんだんと意識が遠くなっていく。

「──西渕、必ず迎えにいく。それまで耐えろ」

最後に聞こえたのは戸塚さんの声だった。

＊　＊　＊

夢を見ていた。

『──助けて』

暗闇の中で誰かが助けを呼んでいる。

遥《はる》か遠くにこちらに向かって伸ばしている小さな手が見えた。

その手を掴もうと手を伸ばしても届かない。いたるところに札がついた重い鎖が張り巡らされていて近づくことを阻《はば》まれている。

『助ける……必ず、助けるから！』

そう叫んだのは、俺の声じゃなかった。そうか。これは、こがねの記憶だ。

視界が瞬く間に変わる。現世と幽世を俯瞰《ふかん》していた。

見えるのは美しい街並みと、そこを行き交う人々とあやかしたち。

彼女の目で見た世界は普段見る世界よりも色彩豊かでとても綺麗だった。

この人は輝く金と燃える赤――成功を収めた富裕層。

あのあやかしは暗い紺の中に僅かに明るい白が見える――今は苦しいけれど、もうすぐ良いことが待っているはずだ。

千里眼は全てを見通す。人を、街を、現在、過去、未来、全てのことが見える。

だけど、暗闇の中で手を伸ばすあの人を助ける術だけがどこを探しても見つからない。

後悔、焦り、悲しみ。こがねの感情が伝わってくる。

目を酷使しすぎると視界から色が消え、白黒になっていく。白い火花が散り、視界が歪んでもなお、彼女はあの人を助ける術を探していた。

その時だ。光が見えた。白黒の世界の中で一人だけ、輝きを放つ人がいた。

『――彼だ』

その日は新月だった。自身の妖力が弱まる日。けれど彼女は構わなかった。

自らの危険を顧みず、気配を隠しながら向かったさきは現世——東京駅。

人が消えたその場所に現れた一人の人間。怯えながら辺りをうろちょろ歩いている、大きなリュックを背負った青年がいた。

『私たちを助けてほしい』

そう声をかけると青年は振り返る。その人物は——俺だった。


『——真澄』

こがねが俺を呼んでいる。

ああ、この声だ。

そうだ。あの夜、俺を呼んだのはこがね、お前だったんだな。

＊　＊　＊

『真澄、起きろ』

頭の中でこがねの声が聞こえた。いつの間にか眠っていたようだ。

目が覚めても相変わらず視界は真っ暗だった。

『生きているか』

「ああ……」

返事をして咳き込んだ。口の中がからからだ。声を出すだけで喉から血が出そうなほど痛い。

「あれから何日経ったんだ？」

『私も定かではないが、およそ五日といったところか』

重い溜息が零れた。俺は今こがねと一緒に偃月院の地下牢に閉じ込められている。妖力を封じるという特殊な手枷と足枷をつけられた上、千里眼対策の目隠しつきの厳重さ。そのせいでこがねは俺の中に籠もりっぱなしだ。

埃《ほこり》とカビの匂いが混じった湿気《しけ》った場所。時折天井から滴が落ちるが反響は少ないからきっと狭い場所なんだろう。

自分の息づかいとこがねの僅かな気配しか感じない、恐ろしく不気味な場所。もしかしたらこれが九十九さんのいっていた、本来俺が送るはずだったクソみたいな幽閉生活なのかもしれない。だとしたら、俺を特務課においてくれていた戸塚さんには感謝しかない。

それにしても飲まず喰わずで五日なんて——俺の頑丈さもここまでいくと恐ろしい。

『あやかしは人間と比べて頑丈にできているからな。飢えはするが、一ヶ月は飲まず食わずでも生きてはいける。その体に感謝することだ』

こがねが答えを返してくれた。というかなんで考えを読まれているんだ。

『私は其方の中にいるからな。声を発さずとも心で話せば会話は可能だ。下手に盗み聞きされても困る。そうして話せ』

そんなの初耳だ。先に教えてくれよ。

『すまないな』

——ううん、頭の中で会話だなんて奇妙な感じだけれど、声を出さなくていいなら有り難い。

——といったものの、会話は続かなかった。こがねも気まずそうにしているのがわかる。

それもそうだ。俺はこの間こがねに酷いことをいってしまった。ギクシャクして当然だろう。

自由を奪われ監禁されたこの状況は最悪だが、二人で腰を据えて話すには絶好の機会だと思う。っとまあ、この考えもこがねに聞こえているワケだから……俺から話すべきだよな。

『——さっき、夢を見ていたんだ』

一瞬こがねが息を呑む。そして『ああ……』と息をついた。

『それは私の記憶だ。口で話すより、見せたほうが早いと思ったから』

『見せてくれたのか』

『私は其方のことを知っている。だけど、其方は私のことをなにも知らない。確かにそれはふぇあではない』

あの時のことを気にしてくれていたのか。

『隠していたのは事実だが理由があったんだ。私と元人間の真澄では生きる時間があまりにも違いすぎる。下手に記憶を見せてしまえば膨大な情報量で其方の脳が焼き切れる可能性があったんだ。でも、もう隠すことはない。少しずつでいいから私のことを知ってもらいたいと思った』

そうだったのか。お前はいつだって俺のことを気にかけてくれているんだな。

ごめん、こがね。俺もあのときいいすぎた。なにも知らないからって闇雲に当たり散らした。こがねを傷付けていい理由にはならない。

『あの夜、俺を東京駅に呼んだのはお前だったんだな』

『そうだ』

『わざわざハンバーガー一つ注文して？』

『……戸塚からそういう方法があるときいたんだ』

あ、拗《す》ねた。ん？　ということは、戸塚さんはこがねが東京駅にくることを知っていたのか。それなら俺は妖魔が出現した東京駅にわざわざ呼び出されたのか？

『違う。逆だ』

……逆？　一体どういうことだ。

『妖魔は後からついてきた。私は新月の晩、妖力が落ちた隙を見計らい幽世から現世に渡った。妖力が弱まれば偃月院に居場所を気取られにくくなるからな。でも途中で気付かれて東京駅にあやかしが出たと騒ぎになって結界が張られてしまったんだ』

なるほど、だから東京駅に結界が張られていたというわけか。

『でも新月の夜はお前にとって最大の弱点だろう。どうしてそんな危険なことを……』

『真澄にどうしても会いたかったから』

真っ直ぐな言葉に胸を打たれる。これが好きな女の子だったらイチコロだったろう。

揺らぐ気持ちをぐっと堪え、どういうことだと問いかけた。

『人間は沢山いるだろう。どうして俺だったんだ』

『……白銀を助けられるのは真澄しかいないから』

それは理由になっていない。いや、意味が分からない。だからどうして俺なんだ。

俺は現世……自分の世界で普通に生きてたただの人間だ。

『人間は、自分の内に眠る力に気付かない。其方もそうだろう』

俺に力？　だから、そんなものないって。俺は頭が良いわけでもない。弟みたいに霊感があるわけでもない。運動が得意で体が丈夫なだけの、一般人だ。

『体が丈夫だということは病を、邪気を寄せ付けないということだ。真澄。其方はその名のとおりとても清く澄んでいる。それは闇の底に堕ちた妖魔の邪気を払い除けるほどの澄んだ力だ』

『でも、一度堕ちた妖魔を元には戻せないっていっていただろう』

『例外はあっただろう。其方が自分の意志で闇の底から救いあげた者たちがいたではないか』

――伊吹とキヨだ。俺は妖魔に堕ちた二人を止めた。でもそれは妖魔に堕ちたばかりだからの幸運で、白銀に妖術をかけられていただけの偶然だったはず。

『――幸運や偶然は何度も続かない。奇跡は自分で起こすものだ。いいか、真澄。二人を救ったのは紛れもない其方の力だ。私も最初は半信半疑だった。だが、真澄の力は本物だよ』

以前弟にいわれたことがあった。兄さんと一緒にいると変なモノを見ない、と。

『それともう一つ。其方には秘められた力がある』

もう一つ？　妖魔を元に戻す以外に、まだなにか？

『私はあの夜、死にかけた其方に血分けの儀を行った。それはあやかしの血を分け、半妖にするという変異の禁忌だ』

それは知っている。だから俺はこうして半妖になって、こがねが俺の中に——。

『血分けの儀をしただけでは私は其方の中に憑く必要はない』

……どういうことだ？　人間を半妖にするだけでは一心同体にはならないというのなら、なんでこがねは俺の中にいるんだ。

『真澄に血を分けたとき、其方は私の妖力を根こそぎ持っていこうとした。だからもう一つ儀式を行った』

『は？』

『それも私の生命を脅かすほどの妖力を、だ。そのままでは私は私ではなくなる。だから私は同体異心の儀を行い、其方に憑依《ひょうい》した』

俺がこがねの力を奪おうとした？　でも、いわれてみればその感覚は分かる。こがねの力を借りて体の中に妖力が巡るあの感覚。自分が自分でなくなるような——アレがそうなのだろうか。

『まさにそれだ。だが、一つ訂正すると私は其方に力を貸しているわけではない。其方が私の力を使っているんだよ』

『どういうことだ？』

『よいか、千里眼は現在、過去、未来全ての事象を見通す眼だ。たとえ私が憑いたとしてもそんなもの普通の人間には使えない。だが、真澄は私の妖力を奪った。つまり千里眼はもう其方の力だ』

千里眼が俺の力――？

『そんな力を持つ其方にしか白銀は救えない。だから私は其方を呼んだ――でも、そのせいで真澄を巻き込んでしまった』

『巻き込んだ？』

『ああ。私を追いかけて、あの場所に白銀が現れた。そして彼奴は私と真澄に襲いかかった』

あの時東京駅の宙を舞った光景を思い出す。突然打ち上げられたのは白銀に襲われたのか。だからあの場でこがねも重傷を負っていたのか。

バラバラになっていたピースがひとつひとつ合わさっていく。

「……なにも知らない其方を巻き込み、理由も話さずこんな世界に引き込んでしまった。本当に申し訳がないと思っている。でも……それでも私は、白銀を救いたい。たった一人の親友なんだ。どうか……力を、貸してほしい」

涙に濡れるこがねの声が心細そうに震えている。

俺はあの新月の夜に死にかけた。それがどうしてか人間の枠を外れ、知らない世界で生きることになった。こがねがいうとおり巻き込まれただけだ。

でも、それは無意味だったか？　最悪なできごとだっただろうか？

確かに戸惑いはあった。少しの怒りもあった。だけど……東京で、毎日朝から晩までアルバイトに明け暮れる死んだような日々に比べれば、幽世での生活は刺激的で楽しかった。

俺に力があるといっていたけれど、俺は未だにその実感を持てていない。

白銀を救う？　自分を何度も殺しかけた相手を救うのか？　自分のためではない、こがねのために。他人のために自分の命をかけるなんてあまりにも馬鹿げていて——。

でも、こがねは俺に会うために自分の身を危険に晒《さら》した。全ては白銀を助けるために。

そもそもこがねがいなければ、俺はあの時死んでいた。彼女がいたから、俺は今こうして生きているんだ。

『——わかったよ、こがね』

俺が答えを出すまで、彼女は黙っていた。とても驚いたように息を呑む。

『自分の力も、白銀ってヤツのことも俺はよくわからないけどさ。お前がソイツを助けたいって気持ちは俺の中にすげー流れ込んでくるんだ。確かにお前のせいで巻き込まれたかもしれないけどさ、俺の命を救ってくれたのもこがねなんだ』

なら、その借りは。その恩はちゃんと返さないといけない。

『良いのか。こんな身勝手な頼みを聞いてくれるのか……』

『いつも付き合ってもらってるからな。たまには俺もこがねに付き合わないとフェアじゃない』

口角を上げる。表情は見えなくてもこがねが驚いている顔が目に浮かぶ。

『それにな、こがね。俺は幽世での生活が結構気に入ってるんだよ。だから、幽世に危機が迫ってるなら守りたい』

『……ありがとう』

『そうと決まればいつまでもここに閉じこもってるわけにはいかないな……なんとかしてここから出よう』

やるべきことは定まった。そのためにはここから脱出しないとはじまらない。

視界はゼロ。手足の枷は簡単には外せない。こがねの力も借りられないとなれば俺がどうにかするしかない。

闇雲に暴れて騒ぎを起こしその隙に外に出るか――と思った瞬間、目の前で大きな破壊音が聞こえた。

「なんだ!?」

土埃が舞う。思いっきり吸い込んでむせかえった。

外の空気が入ってきて、そこに人の気配を感じる。一体なにが起きた。目が見えないと状況が分からない。

「なんだ、誰だ!?」

突然、手足が軽くなり目隠しが外された。

「――遅くなったな、西渕。黄金」

開けた視界、突然入り込む光に眼が眩《くら》む。

そこにいたのはいつものスーツに身を包み、腰に日本刀を下げた戸塚さんだった。

「……と、つかさん?」

『戸塚！　其方、どうやってここに入ってきた！』

「百目鬼に飛ばしてもらった。偃月院は対妖術の防壁は完璧だが、人間への対策は皆無だ。九十九だと騒がしくなるからな、俺が適任だったというわけだ」

立てるか、と差しだされた手を見つめる。

「約束通り助けにきた。遅くなって悪かったな」

「……信じてましたよ」

戸塚さんの手をつかみ、立ちあがる。

改めて部屋を見回すとそこは四畳半にも満たない小さな牢屋だった。周囲にはしめ縄や札がびっしりと張り巡らされ、俺たちがどれだけヤバイ場所に閉じ込められていたかがわかる。

「色々状況を説明したいところだが時間がない。急いで外に出るぞ」

「でもあの、見張りとかは」

「ふっ……とっくに眠ってるよ。人間だからって舐められちゃ困るな」

そういう戸塚さんの足下にはあの朧衆が倒れていた。まさかこれ全部戸塚さん一人でやったのか？　息一つ乱れていないのに？

『──戸塚と九十九だけは絶対に敵に回すなよ』

頭の中でこがねが囁いた。

あやかしより身近な人間のほうが怖い。俺は唖然《あぜん》としながら戸塚さんの後に続いて、見張りがいない廊下を歩いて外に向かった。

＊　＊　＊

「──なんだ、これ」

建物の外に出た瞬間、言葉を失った。

外は夜。だというのに空が赤黒い。空に浮かぶ大きな満月が血のように真っ赤に染まっていた。

とても美しいとは思えない。禍々しく恐ろしい空だった。

『──今夜は満月か』

ようやくこがねが姿を現した。月が満ちたお陰で妖力も高まっているのか、いつも見ていた少女の姿になっている。

『予告された百鬼夜行は今夜だ』

「あの、今まで聞き流していたんですけど。百鬼夜行ってなにが起こるんですか」

「百の妖魔が横行跋扈《おうこうばっこ》する。幽世と現世を掌握し、夜が明けない闇の世界を生み出すつもりだ」

「じゃあ、幽世だけじゃなくて現世も危ないってことですか！」

戸塚さんは難しい顔で頷いた。

百鬼夜行といえども妖魔の姿はない。それどころか不気味にしんと静まりかえっている。これは嵐の前の静けさというものだろうか。

「とにかく一度本部に戻って緊急会議を──」

「──っ」

動き出そうとした瞬間、瞼が痙攣した。今見ていた景色から、全く違う視界に切り替わる。

幽世を俯瞰している。そのまま視界は上に昇り、皇居が見えた。その先には赤煉瓦の駅舎、東京駅。真っ赤な満月の真下、その屋根の上に人が立っている。

和服姿の、毛先が白い金髪の狐――白銀だ。

白銀が俺を見てほくそ笑みながら大きく両手を広げた。

『――さあ、百鬼夜行をはじめよう』

白銀の額に四つ巴の紋が浮かぶ。それが赤黒く光を放った瞬間、白銀の背後に百を超える妖魔が姿を見せた。

「おい西渕、大丈夫かしっかりしろ」

座り込んだ俺の背中を摩る戸塚さん。俺は眼を押さえながら顔をあげた。

「戸塚さん、百鬼夜行がはじまりました。東京駅に妖魔を連れた白銀がいるのが見えました」

「……なんだと？」

その瞬間、周囲の気配が一変する。

不気味な風が吹き付け、地響きのような音がしたかと思うと、空に向かい一斉に妖魔たちが飛び出した。一体や二体どころじゃない。空に黒い塊となって百の妖魔が蠢いていた。

《――稔！　幽世の至る所から一斉に妖魔が出現した！　全員が偃月院本部に向かってる！》

戸塚さんの肩に小さな蜘蛛が止まっていた。そこから切羽詰まったヒバナさんの声がする。

『こちらに向かってくるぞ！』

「どうやらこいつらは偃月院本部を落とそうとしているようだな」

妖魔の群れが凄い勢いでこちらに近づいてくる。俺たち三人ではどう考えても相手にできない。

「――開眼」

なにか抜け道はないかと千里眼を開く。注視すべきは妖魔の集団。なんでもいい、なにかヒントになるものが――。

『助けて』『苦しい』『怖い！』

妖魔の叫びが聞こえてきた。全てではないが、多くの妖魔から苦しみと混乱の色が伝わってくる。そんな彼らの額には見覚えのある四つ巴の紋が浮かんでいるのが見えた。

「群れの中に白銀の術にかかっている妖魔がいる！　白銀が無理矢理あやかしを妖魔に変えたんだ！」

『種をまいたといっていたのはこのことか！』

白銀はこの日のためにまいた種が芽吹くといっていた。これまでの伊吹とキヨは実験台。まさかこれほどまでの数のあやかしに術をかけて回っていただなんて。

見えたとしても数が多すぎる。どう考えても止められない。

妖魔の群れは目と鼻の先、俺たちには目もくれず背後の高い塀を越え、偃月院の中へ侵入しようとしていた。

「──祈禱法術《きとうほうじゅつ》　浄殺《じょうさつ》の式」

感情のない声が聞こえた。

塀の上に朧衆がずらりと並んでいた。彼らは妖魔に向かって護符を投げる。それが妖魔に当たった瞬間、彼らは青い炎に包まれた。

「ぎゃあああああっ！」

妖魔たちが悲痛な叫びを上げながら、灰も残さず消えていく。

白銀の術にかけられている者も関係ない。彼らが武器を振るえば肉片が落ちてくる。

「おい、やめろ！　この中には操られてるだけのあやかしもいるんだぞ！」

『無駄だ。朧衆は偃月院の式神。私たちが幾ら訴えたところで聞こえはしない。彼らは淡々と妖魔を滅していくだけだ』

俺の叫びは届かない。こうしている間にも朧衆は次々と妖魔を殺していく。

「……っ、戸塚さん！　どうすればいいんですか！」

「妖魔を戻す術はない。だが……あの妖魔がただ操られているだけのあやかしであれば、術者を倒せば術は解けるはずだ」

「じゃあ……白銀を止めるのが手っ取り早いってことか」

白銀がいるのは東京駅。しかし目の前には妖魔の群れ。次から次へとこちらへ向かってくる。

《稔、幽世に出現した妖魔は全部そちらに向かっているわ！　現世には白銀が妖魔を引き連れて東京駅にいる。公安局員が結界を張っているようだけど、いつまでもつか分からないわ！》

「……っ、偃月院を落とされるわけにはいかない。少しでもここの守りを固める。百目鬼とヒバナ以外の全員、偃月院本部に集合！」

《――了解！》

会話は終わり蜘蛛はどこかにすうっと消えていく。

指示を終えた戸塚さんは深い溜息をつきながら、眼鏡を外し眉間を指でもみほぐす。

そして再び眼鏡をかけて空を見た。

「――どけどけどけええぇっ！」

空から弾丸のように三海が降ってきた。相変わらず百目鬼ちゃんの転移は乱暴だ。

「おう、マスミ、コガネっ！　無事でなによりだ！」

「よ、三海。相変わらずだな」

数日ぶりに会う三海はいつも通りだった。そこに気まずさは微塵も感じられない。彼の飄々《ひょうひょう》とした雰囲気は俺を平静にさせてくれる。

『幽世の状態はどうだ』

「もー最悪だよ。幽世中大騒ぎ。空は赤くて気持ち悪いし、あちらこちら妖魔だらけ。シロも馬鹿なことしてくれるよなぁ」

三海はストレッチしながら目の前の妖魔の群れを見つめる。さて、ここからが正念場ということか。

「——西渕真澄、天狐神黄金。二人は本部に戻れ」

気合いを入れた瞬間に西渕さんに命じられ、俺たちは眼を瞬かせた。

「どういうことですか！」『私たちは足手まといだと!?』

二人で戸塚さんに食い下がると、呆れたように首を横に振られた。

「違う。百目鬼に東京駅に飛ばしてもらって、白銀を止めてこい。そうすれば白銀の術にかかっているあやかしは解放され、百鬼夜行の幕も閉じられる」

『だが……これから山ほど妖魔がここを攻めにくるぞ。少しでも人員を確保した方が』

こがねの心配を受け、戸塚さんは舐めるなよと不敵に笑う。

「特務課を侮るなよ。オレと旦那が集まれば朧衆百人にも匹敵する。それに、なにも助《すけ》っ人《と》はオレだけじゃあない」

三海はにやりと笑って頭上を指さした。

つられるように上を見ると、偃月院上空が雷雲で覆われた。目の前に雷が落ち、突風が吹き荒れる。

「呼ばれて飛び出てただいま参上！」

「馬鹿な登場はやめてくれ。雷神の名が廃《すた》る」

光の中から現れたのは雷門の門番、雷光《らいこう》と伊吹だ。

『雷門の守りはいいのか』

「だってこいつら雷門には目もくれねぇし。突っ立ってるのも暇だしな」

「妖魔が全部ここにくるのであれば、我らもここに加勢したほうがいいと思って」

二人は戦う気満々で武器をぶん回す。第二陣が目の前にやってきた。

「なるべく殺さないでくれ。操られているあやかしもいるんだ」

俺が事情を話すと三人は唖然と眼を瞬かせた。

「マジかよ」「くるんじゃなかった……」「無茶いうぜ」三人とも呆れかえっていた。

「倒すなっていったって、朧衆は容赦なく殺しにかかるぞ。どうするんだ」

そう。問題は問答無用で妖魔を殲滅《せんめつ》する朧衆をどうするか、だ。

彼らは彼らの方法で偃月院を守ろうとしている。だが、操られている妖魔を殺させるわけにもいかない。

そうこうしている間に彼らはまた護符を飛ばした。それは妖魔たちを容赦なく殺す
――と思ったとき、赤い炎が札を燃やした。

「まーすーみ――――っ！」

また空から人が降ってきた。今度は女の子だ。

「キョ！」

俺は受け止め切れずキョに抱きつかれて地面に倒れた。彼女は俺の肩口に頭をぐりぐりと押しつけている。

「なんでここに！」

「戸塚さんがねっ、真澄が困ってるっていうから助けにきたの！　妖魔に堕ちたお陰で私、火を操る力が目覚めたんだ。だから、今は偃月院の下で働いてるの！」

俺の上でキョは誇らしげに胸を張る。彼女と会うのはあの火事の一件以来。どうなったか心配していたが、元気そうでなによりだ。

「あいつらの攻撃、さりげなく阻止すれば良いんでしょう！　紙はよく燃えるから、任せてっ！」

「……それ、大丈夫なのか？」

「いいの！　私は真澄の役に立つためならなんだってするわ！」

だから褒めて、とキョは輝いた瞳で詰め寄ってくる。愛が重いのは相変わらずだ。

「……今度、なんかご飯でも奢るよ」

「きゃっ！　ヤダ、デートねっ！　おめかししなきゃ！」

照れくさそうに両頬を押さえながらキョは大蛇の姿に変化する。そしてキャーキャーいいながら唸る尻尾で妖魔をバッタバッタとなぎ払っていく。多分本人に妖魔を倒している自覚はなさそうだ。

『其方も面倒なヤツに好かれたな……』

「……いや、うん。気持ちだけはありがたいよ」

キョがなぎ払った妖魔たちは死んではいない。その場で気を失っているだけのようだ。

「つまり、朧衆たちが攻撃する前に我々が妖魔たちを戦闘不能にすればいいということか」

「先手必勝ってこったな。それなら俺たちの出番だぜ、伊吹！」

伊吹と雷光は空に飛び上がり、妖魔の群れに飛び込んでいく。

「招雷《しょうらい》──轟《とどろ》け、鳴神閃光《なるかみせんこう》！」

「招風《しょうふう》──吹き荒れろ烈風」

雷光の雷が妖魔を打ち落とし、伊吹の風が彼らの進撃を阻む。

「マスミ、操られている妖魔の見分けはつくのか？」

「額に四つ巴の模様があるのが操られているあやかしたちだ！」

「了解！　三重円多重展開——縛！」

三海が呪文を唱えると、的確に操られている妖魔だけが拘束され地に落ちていく。朧衆が出る幕もない。四人の連係で妖魔の群れを一掃していた。

「……すげぇ」

目の前でなにが起きても動じなくなってきた。俺も大分こちら側に染まってきたのかも知れない。

騒がしい空を見上げながら戸塚さんが俺の名前を呼んだ。

「西渕真澄、これは君自身がここで築いた絆《きずな》だ。君が彼らを助けたように、彼らは君を助けてくれる。だから、ここは俺たちに任せて君たちは白銀を救ってこい。安心しろ、責任は全て俺が持つ」

『承知した』

「はい！」

戸塚さんに認められたことが嬉しくて、俺は姿勢を正した。

「——あ、そうだ西渕。五日間も飲まず食わずだろ。これ、もってけ」

本部に向かって走ろうとしたとき、戸塚さんに止められた。彼がもっていたのはビニール袋。その中には数秒でエネルギーチャージができるあのゼリー飲料が大量に入っていた。

「今はこんなものしかないが、帰ってきたら美味いものでも食べよう」

「戸塚さん、それ死亡フラグってやつっすよ」

「――抜かせ。俺はこの程度じゃ死なないよ」

戸塚さんはふっと鼻で笑い刀を抜く。

「行ってこい、西渕真澄。天狐神黄金。幽世と現世は任せたぞ」

「はい!」

俺は一気にゼリーを一つ飲み干すと、本部に向かって駆け出した。

いつかの新月の時が嘘のように体が軽い。力が込み上げてくる。

「こがね、今日調子がいいのか?」

『ああ。今日は満月。私の妖力が一番高まるときだ。だからこの力、好きにつかえ!』

「おう!」

人間では絶対に有り得ない速さで地をかける。建物の屋根から屋根へと飛び移り、最短で本部を目指す。まるで野山をかける狐のようだ。

「――百目鬼ちゃん!」

「黄金様！　西渕さん！」

「無事だったのね。よかったわ」

本部に入ると百目鬼ちゃんとヒバナさんが残っていた。

感動の再会もそこそこに、俺は百目鬼ちゃんの肩を掴む。

「戸塚さんからの命令だ。俺たちを今すぐ現世の東京駅に飛ばしてほしい。白銀を止めにいく！」

「……ですが」

百目鬼ちゃんは戸惑ったように顔を背ける。

『百目鬼、頼む。私はどうしても白銀を救いたいんだ』

「……わかりました」

百目鬼ちゃんはゆっくりと頷いた。

「本部の守りは私に任せて。ここは私たちが守るわ」

襖を開き、ヒバナさんが外に出る。

いつも着ている着物の上をはだけさせる。上半身はさらし一枚、そしてその背からは蜘蛛の脚が伸びた。

「私の根城はなにがあっても守るわ。子供たちと一緒にね。だから真澄、黄金。白銀をよろしくね」

ヒバナさんは瞳を赤く輝かせながら糸を伸ばし上空へと消えていった。

「百目鬼ちゃん、頼む。俺も、俺たちにできる方法で幽世を守る」

百目鬼ちゃんは集中するように一つ深呼吸して目隠しを取った。

「私も現世への転移ははじめてです。うまくできるかわかりませんが……乱暴になったらすみません」

「はは……もう慣れたから大丈夫だよ」

冗談めかして笑うと、百目鬼ちゃんもくすりと笑い返してくれた。

「──目標、現世東京駅。飛ばします！」

百目鬼ちゃんの鏡の瞳に俺とこがねの姿が映る。

目の前に広がる万華鏡のような世界。そして視界が真っ白になる刹那──。

「頑張ってください。黄金様──真澄さん」

優しく背中を押された気がした。

＊　＊　＊

「──ここは」

目を開けると俺たちは建物の中に立っていた。

見上げた先に、見覚えのある東京駅の南北ドームの天井が見える。ここは駅構内のようだ。

「百目鬼ちゃんが地に足つけさせてくれるとは、驚いた」

『我が弟子も立派に成長したものだ』

顔を見合わせて微笑みあう。

ドームの真下に立つ俺たち。駅構内はしんと静まりかえっていて、周囲に人の気配はない。

本当に現世に帰ってきたんだとぼんやりと考えていると、スマホが鳴った。

『──兄さん』

弟の真咲《まさき》からの電話だった。俺を呼ぶその声はどことなく不安げに聞こえる。

「どうした？」

『どうしたじゃないよ。何回も連絡してるのになんででないのさ……』

「悪い。色々立て込んでたんだよ」

呆れたように溜息をつかれるが、本当に色々あったんだって。まあどうせ話したって信じてもらえないし、馬鹿にされるだけだろうけど。

『まあいいけど。なんか東京がおかしいんだよ。空は赤いし、辺り一帯停電してるし。なんか……ヤバイ気配を感じるんだ。兄さん、今どこにいるんだよ』

「俺？　俺は今東京駅」

『……やめてくれよ。デジャブじゃん』

また真咲に溜息をつかれた。

そういえば、以前も東京駅にきたとき真咲と電話をしていたっけ。それを思い出して思わず笑みを零した。

『笑い事じゃないって。またトラックに撥ねられて大怪我とかやめてくれよ』

「わかってるよ。真咲は今家にいるのか？」

『ああ』

そこでようやく俺は時計を見た。時刻は午前二時前を表示していた。

「というかお前こんな時間までなにやってんだよ」

『レポートだよ。大学生も色々忙しいんだ。つか兄さんも人のこといえないだろ。また出前でも届けに行くのかよ』

「兄ちゃんは今から東京を救いにいくんだよ。真咲、朝がくるまで一歩も外に出るなよ。じゃあな」

はあ？　と間の抜けた真咲の声。弟の前だとついついかっこつけたくなるのが兄心。恥ずかしくなるような臭い台詞を吐いて、電話を切った。

『随分と格好いいことをいうんだな。お兄ちゃん』

「たまにはかっこくらいつけさせろよ」

照れ隠しに頭をかく。いや、でも慣れないことはいうもんじゃないな。

そうして改めて状況を確認した。どうやら本当に停電しているらしい。駅構内は真っ暗で非常灯の灯りがぼんやりと見える程度だ。

そしてその暗闇の中から突き刺さる視線を感じる。

『——真澄』

「ああ。わかってる」

暗闇の中に沢山の妖魔が蠢いている。今すぐにも俺たちを喰らおうと舌なめずりをしているようだ。

「人の子だ……」「半妖だぞ。おまけに高貴なあやかしの匂いがする」「さぞ美味だろう」「喰わせろ！　喰わせろ！」

四方八方から聞こえる声。どうやらこいつらは俺たちを外へ出すつもりはないようだ。先程みたいに援護があるわけでもない。

『どうするつもりだ』

「俺は三海みたいに術が使えないし、九十九さんみたいに武器があるわけでもない。最悪殴って無理矢理道を開くしかないな」

外からはここ以上に禍々しい気配を感じる。恐らくここを抜けた先に白銀がいるのだろう。

　俺の目的はここで妖魔の相手をすることではない。この先に進まなければ意味がない。なんとか強引に走り抜けようと、腰を落としたときだった。

「――やぁ」

　緊張感のない声が背後から響いた。からからとなにかを引きずる音が近づいてくる。振り返ると、スーツ姿の九十九さんが鉄パイプを引きずりながら歩いていた。

「九十九さん……どうしてここに」

「戸塚さんから可愛い後輩を助けてやれって命令。まぁ……ずっと怖い先輩だったからね。たまにはいいところ見せなきゃと思って」

　にこにこと笑顔を絶やさないまま、九十九さんは俺と背中を合わせるように立ち、鉄パイプを刀のように構えた。

「ここは僕に任せて、先にいきなよ」

　九十九さん。それは完全に死亡フラグになる台詞です。

「僕が死ぬとか思うわけ？　人生で一度はいいからこういうセリフいってみたかっただけだよ」

　にこりと笑いながら、振り向いている俺の背後に向かって鉄パイプを振り下ろす。はっと後ろを見ると一体の妖魔が脆《もろ》くも消え去っていた。

「――油断してると死ぬのはキミだよ、真澄くん」

鉄パイプを握ったまま九十九さんは両手を上に上げ、準備運動を始める。

「こんなに堂々と戦えるなんて最高に興奮する。さ、僕の楽しみ邪魔しないでさっさと行きなよ」

「は、はい。じゃあ、宜《よろ》しくお願いします」

「ん。いってらっしゃい。よくよく考えたら自己紹介もあんまりしてないし、帰ってきたら酒でも飲みながら沢山話そうね」

後ろ手に手を振る九十九さんの背中に一礼し、俺は走り出した。

それでも俺たちを襲いにくる妖魔たちを、九十九さんは鉄パイプで容赦なく殴っていく。

「真澄くん、精々頑張ってみなよ。まぁ、それで駄目だったら僕が責任もって全員ぶん殴ればいいだけの話だからさっ！」

「殺されないように頑張ります！」

「真澄くん、金ちゃん。シロをよろしくね」

そして俺たちは九十九さんが切り開いてくれた道を走り、丸の内南口の外に出た。

空が赤い。駅舎の頭上に浮かぶ満月は、幽世で見たときよりも大きくて更に濃い赤で染まっている。

「――ようやくきたね。待ちくたびれちゃった」

　中央の時計がある屋根の上に白銀は座っていた。俺たちを見下ろしながら無邪気な笑みを浮かべて手を振っている。

「よぉ、白銀。約束通り二人できたぞ」

「この間は死んだみたいな顔してたのに元気そうだね。ああ、今日は満月だからか」

『白銀。私たちは其方を救いにきた』

　こがねが静かに白銀を見上げる。

　俺もはじめて白銀をきちんと見た。千里眼で見る白銀は真っ黒な霧に包まれていた。重い鎖が白銀を縛っている。雁字搦めになっているその奥に、微《かす》かに青白い銀色の光が見える。大丈夫、白銀はまだ完全に堕ちてはいない。きっと、きっと救える手立てがあるはずだ。

「キミたちさ……ボクを勝手に覗くなよ。そういうところが大っ嫌いなんだ」

　白銀が指で弾く動作をすると視界が弾き飛ばされ、元の世界に戻る。

　前髪をかきあげながら苛立たしそうに俺たちを見下ろす。殺気がひしひしと込み上げてきている。

『白銀、其方が妖魔に堕ちてしまったのは私のせいだ。だから、私はずっと其方を救う方法を探していた。もう、苦しまなくていいんだ！』

「はっ……黄金。なんか勘違いしてない？　ボクはボクの意志で目覚めたんだよ。もうキミに守られる弱い狐じゃない。君はボクを対だといいながら、いつもそうやって上から見下しているよね」

『そんなこと思ったことない！』

「そういう無自覚なところが大っ嫌いなんだよ！」

白銀が髪を逆立たせ感情を溢れさせる。強大な妖気に圧倒される。

「ああ、確かにボクの人心掌握の力は黄金の千里眼よりも弱いさ。でも今はこうやって君たちを脅かせるほど強くなった。もう、キミの陰に隠れる必要はない！　落月教はボクの力を必要としてくれた！」

白銀は満月を見上げながら叫ぶ。

「それにさ、幾らボクたちが妖魔の脅威から現世を守ったって、人間たちはなあんにも気付かないんだよ？　命をかけたって気付かれもしない。ならいっそのこと気付かせてやればいい。ボクたちの存在を忘れ、のうのうと暮らす人間たちが恐怖しひれ伏す姿が見たい！　もともとあやかしとはそういう存在だろう！」

『白銀……それは其方の本心か』

驚きに揺れていた黄金の瞳が怒りに染まり、髪も逆立ちはじめた。

「我々こそ高位の存在なんだ！　守られてばかりの人間なんて必要ない！」

『私たちは人々の幸せを祈るために天狐と呼ばれる存在になったはずだ！　それすらも忘れてしまったというのであれば――私は対として、其方を殺す！』

「……こがね？」

　こがねの様子がおかしい。感情に飲まれている。

　彼女を見ると、黄金の眼が真っ赤に染まっていた。爪が鋭く伸び、牙が生え鼻筋が伸び、みるみる妖狐の姿に変わっていく。その額に浮かぶのは四つ巴の紋――まさか。

「白銀、てめぇこがねに術かけやがったな！」

「ボクは殺しあいをしようっていったんだよ。なにもしないわけないじゃない！」

　高笑いする白銀。

　こがねの姿は尻尾が四本に分かれた大きな金色の化け狐に変わる。眼は血走り地面を足で掻く。開いた口から白い息が漏れる。殺気だった瞳で白銀を見据えていた。

「こがね！　落ち着け！」

『殺ス……殺してやる！』

「さぁ、こがね！　楽しく殺しあいをしよう！」

　屋根から飛び降りた白銀もくるりと回りこがねと同じ化け狐の姿になる。美しい銀色の、四尾の化け狐。

　満月浮かぶ東京駅、二人の天狐が牙を交える。

それは武器も術もない。完全な肉弾戦だ。牙でかみ砕き、爪で切り裂く。獣の喧嘩。人間の俺が入る隙なんてない。

(――どうしたらいい)

千里眼をもってしても、隙が見えない。

これは俺が仲裁に入ったところで返り討ちにあう未来しかないということだ。なら俺はここで突っ立っているだけなのか？　俺はなんのためにここにきた。

(なにか、できるはずだ)

今足元で妖魔たちが暴れている。幽世を守り戦っている人たちがいる。その人たちに俺は現世を託された。百鬼夜行を止めて白銀を救えと命じられた。

『シロガネぇェェエエッ!!』

「あはは っ！　そうだよ、もっと負の感情に身を委ねろっ！　君もボクと同じところに堕ちてこい！」

金銀の毛皮が赤く血に染まっていく。

『……っ、ぐ！』

こがねの息が上がる。満月だというのに白銀の力がこがねを圧倒していた。

ふと頭上を見ると、満月が闇に喰われていた。月蝕《げっしょく》のように赤い月が闇に飲まれていく。

「——月が、堕ちる」

呆然と空を見上げた。

この光が消えれば世界は闇に染まる。百鬼夜行は成功し、妖魔が現世に飛び出していく。

千里眼で幽世の様子を覗いてみると、戸塚さんたちも押されていた。

みんな背中あわせに息を乱している。もう限界を迎えていた。

『……西渕、頼む』

戸塚さんの声。本当に俺ができるのか。この状況を変えられるのか。

いや、変えるしかない。こがねに。戸塚さんに。三海に。ヒバナさんに。百目鬼ちゃんに。九十九さんに。伊吹に雷光に、キヨに……みんなに思いを託された。

やるしかない。やるしかない！

『頼む。私は白銀を救いたい。だから、真澄の力を貸してほしい』

こがねの言葉が蘇る。

こがねが白銀を押し倒し、その首筋に牙を立てようとする。

駄目だ。それだけは駄目だ。白銀を手にかけてしまったらこがねはもう戻ってはこられない。

「やめろ、こがねえええええええええっ！」

俺は腹の底から声を張り上げた。

その瞬間、音は衝撃波となりこがねと白銀の変化が解け元の人の姿に戻った。

「――真澄!?」

「人間ごときが……邪魔を」

柄にもなく声を張り上げすぎて喉がやられた。口の中が血の味がする。そんなもの知ったことか。俺はやるべきことをやる。巻き込まれたのなら、最後まで巻き込まれてやろうじゃないか。

「お前ら……いい加減にしろよ」

一歩、二人に近づいた。

「こがね。お前白銀を救うっていっただろ。目的を忘れるな」

頭が冴《さ》えている。時間がゆっくり流れ、二人の困惑の色が見えている。体の中に力が巡っていくのが分かった。

「――西渕真澄。ボクたちの妖力を吸い取ったな!?」

白銀が叫んだ。そうか、これが相手の力を吸うということか。

「こがね、落ち着け。一緒に白銀を救うっていっただろう。一人で突っ走るなよ」

こがねの傍に寄り、額の四つ巴の紋に手を触れるとそれは消えた。

『――すまない。止めてくれてありがとう』

る。

「なんで――なんでだよ！」

見下ろすと、白銀が悔しげに手を握っていた。恨みの籠もった瞳で俺を見上げてく
『ああ。真澄のお陰で目が覚めた』

目があって微笑みをかわす。こがねの周りから黒い靄《もや》が消えていた。

「大丈夫か？」


「ボクの邪魔をするなよ人間!!」

白銀が吼える。白銀を中心に強い風が吹き荒れ、俺たちは飛ばされた。

十メートルほど飛ばされ、体勢を立て直すと白銀の姿は再び妖狐に戻っていた。

血走った目。その額に見える赤い四つ巴の紋。

「……お前、自分で自分に術をかけてたのか」

「ふざけるなよ人間。ボクと黄金の戦いの邪魔をするなよ！」《――助けて》

白銀の声が二つ重なって聞こえる。

「ボクは力を得た。もう黄金よりも強い！　それを証明する！」《――助けて。黄金を傷付けたくない》

重なる声は、白銀の本心。妖狐《ようこ》の心の奥、暗い闇の底に鎖に繋がれて手を伸ばしている白銀が見える。

《――助けて！》

ああ。こがねはずっとこの声を聞いていたのか。彼女が必死に白銀を助けようとしていた気持ちが痛いほど伝わってきた。なら俺も、それに応えるだけだ。

「……待ってろ、今助けてやるから」

拳を握り、腰を落とす。武器は必要ない。俺自身が武器だから。

白銀が地を蹴り、俺に突進してくる。

「いくぞ、こがね！」

『――千里眼、深層開眼。私たちの瞳は全てを見通す』

視界が開けた。

周囲に明かりがないはずなのに、イルミネーションのようにキラキラと輝いている。これは現世に生きる人たちの生命。俺の足元に見えるのは幽世の世界に生きるあやかしたちの生命。

これがこがねが千里眼で見ている世界なのか。言葉にできないほど美しい。

世界がゆっくりに見える。こちらに近づいてくる白銀がゆっくりに見えた。

その攻撃が、軌道が手に取るように分かる。

生かすも殺すも俺の選択次第。

俺がするべきことは、白銀を救うことだ。

「――ここだ」

白銀の額めがけて拳を突く。

拳に紋章が触れた瞬間、ぱりんと音を立て紋が割れた。目の前の白銀と目があう。

「――キミの勝ちだ。西渕真澄」

瞬きをすると、人型に戻った白銀が笑っていた。すうっと白銀を取り巻いていた黒い靄が晴れていく。そしてそのまま前のめりに倒れる白銀を受け止めた。

『迷惑をかけおって……このバカモノ』

こがねが安心したように微笑む。

俺の腕の中には力を使い果たした白銀が、小さな子狐の姿で気持ちよさそうに眠っていた。


『――夜が、明ける』

月が沈み、東京駅に朝日が昇る。

二つの世界にいた妖魔たちが姿を消し、操られていたあやかしたちは正気を取り戻した。

「……みんな、無事だ。百鬼夜行は終わった」

みんなが武器を下ろしてほっとしている姿が瞼の裏に見える。

人間には知り得ない、世界の危機を乗り越えて現世にも幽世にも同じ朝がくる。

皇居から昇る眩しい朝日に眼を細めた。

「──良い朝だな。幽世へ帰ろうこがね。みんなが待ってる」

俺たちは立ち上がり、幽世へ帰る。

こうして二つの世界を巻き込んだ百鬼夜行は幕を閉じた。

＊　＊　＊

「──ということで、みんなお疲れ。乾杯！」

戸塚さんのかけ声で、みんながコップを打ち付けた。

ここは幽世壱番街。幽世公安局公安特務課本部の屋敷だ。

百鬼夜行から一ヶ月。幽世はすっかり平穏を取り戻していた。

桜咲く中庭で、俺たちは祝杯を挙げていた。

俺たちの間に置かれた七輪。花見をしながら焼き肉だ。俺の地元では花見をしながらジンギスカンを食べるといったら、みんな物珍しそうにのってきたんだ。

「あのぉ……一応俺の歓迎会なんですよね？」

「ああ。西渕の歓迎会だ」

返事をする戸塚さんの手には皿。俺の手にはトング。

俺は四月から、正式に公安局特務課に就職が決まった。まだこがねとの憑依が剝がれていないため、監視対象であることには変わりないけれど。一応正式に公安局員となる。

ということで、今日は俺の歓迎会兼百鬼夜行阻止の祝勝会だった。本来主役のはずの俺は、こうして肉焼き雑用に回されている。

「マスミ、焼き方うまいな！　次カルビ焼いてくれ！」

焼いた傍から三海が肉をかっさらっていく。

「焼き肉なんて久方ぶりに食べたよ。人の金で食べる焼き肉は最高だね、戸塚課長」

「……有り難く思え。お陰で財布がすっからかんだ」

約束通りこの豪勢な肉たちは全部戸塚さんの奢りだ。

ここぞとばかりにみんなは勢いよく肉にがっついている。俺はまだ一枚も食べられてないけれど、みんなが楽しければそれでいいか。

「ほら、焼けたぞ――白銀」

皿を差し出した先には白銀がむすっとして座っている。

百鬼夜行の後、白銀は処分が検討されていた。けれど戸塚さんが俺のとき以上に上層部に掛け合い――というか半ば九十九さんと二人で上を脅す形で、監視対象として特務課に籍をおくことが叶《かな》ったらしい。

「君たちバカなの？」

皿にのったカルビを見つめながら、白銀は呆れたように溜息をついた。

「ボクは幽世に反旗を翻した。それなのに、なんでボクはここにいる」

「元々ここは問題児の集まりだから気にすることねえって」

ビール片手に酔っ払いながら白銀と肩を組む三海。酒臭い、と舌打ちをする白銀もまんざらではなさそうだ。

「詳しくきいてないけど、みんなそんなに悪いことしたんですか」

俺が尋ねると、みんなは顔を見あわせにやりと笑う。

「まあまあ……私たちの生い立ちはいいじゃない」

「一度に教えたってつまらないじゃん。知りたければまた追々《おいおい》、ってね」

ヒバナさんと九十九さんの笑顔が怖い。

これは深追いしない方が身のためだと、俺は肉を焼くことに集中することにした。

「西渕真澄。君もなんで平然とボクに接してるんだよ。殺されかけたの忘れたわけ？」

「いいや、しっかり覚えてるよ。まぁ、でもお前も操られてたんだし。俺も殴り返せたし……おあいこってことでいいんじゃね？」

その言葉に白銀は一瞬目を瞬かせたが、不機嫌そうに眉を顰めた。

「ボク、やっぱり君が気に食わない！　さっさと黄金解放して現世に帰れ！」

「それに関しては白銀様と同感です。早く黄金様を解放してください」

「んな俺がこがね閉じ込めてるみたいにいうなよ」

結局俺とこがねは一心同体のまま。俺が元の人間に戻る方法はまだまだ見つからないようだ。

早くどうにかしないと、そのうち白銀と百目鬼ちゃんに寝込みを襲われて殺されそうだ。

「銀も戻ったことだし、これからは真澄くんとシロコンビかな？」

「お、じゃあ。俺はまた相棒とか？」

「そうそう。改めてよろしくたのむよ～相棒」

九十九さんと三海さんは肩を組みながら乾杯している。なんというか、この二人が並ぶととても柄が悪い。

『――クズコンビ再結成だな』

肩を組んでピースをしているその様は完全にチンピラだ。

「来週から新年度だ。真澄も正式に特務課の一員となった。気を引き締めていけ」